オレの東大物語

1966——1972

加藤典洋

集英社

オレの東大物語

1966——1972

目次

Ⅰ 1966〜67 7

#1 入学まで
#2 ベビーブーマー世代の一標本
#3 オレの修業時代
#4 一年目
#5 新宿の夏、駒場の秋

Ⅱ 1967〜69 57

#6 一九六七年一〇月八日
#7 釜ヶ崎
#8 本郷・六月
#9 オレの文学生活
#10 本郷・一一月
#11 安田講堂攻防戦

Ⅲ　1969～72

Ⅲ　1969～72 —— 145
#12　オレの変調
#13　『現代の眼』への寄稿
#14　恩地くんの「戦線離脱宣言」
#15　就活
#16　卒論、落第、ケンカ
#17　連合赤軍事件

エピローグ —— 205

東大闘争簡略年表（文学部を中心に） —— 221
あとがき —— 225
解説　瀬尾育生 —— 229
加藤典洋　単行本著書目録 —— 250

Ⅰ　1966〜67

#1　入学まで

いまから比べると隔世の感がある。違う時代というより別世界の話だが、一九六六年、いま（二〇一九年）から五三年前、その頃もやはり、東大というやつはあった。

オレはその東大に、その年の四月に入学した。東北は山形、地方の高校からの進学だ。大学進学人口のことを考えると、昭和二三年、一九四八年生まれのベビーブーマー世代だから、同年代人口はいまよりはるかに多い。しかし大学進学率はいまよりも低い。どれだけ狭き門だったのか、かえってゆるゆるだったのか、そのへんはわからないが、運も手伝って、現役で合格した。

自慢ではないが、それまで、受験で苦労したことはない（しかし、この成功物語もここまでで終わり。以後のオレの人生は、試験というと必ずというほど落ちた。落ちまくることになる）。

何しろ、それまで塾というものに通ったことがない。高校三年の秋まで、部活動（文芸の小説の部）で同人雑誌まがいのものを作っていた。家が同じ県内の鶴岡（藤沢周平さんの海坂《うなさか》藩の地だ）に転勤したので、高校三年から下宿し、高校から近いオレの二階の六畳は、バカな同級生のやつらの梁山泊と化して、オレはそういうことはしなかったが、粋がったやつは喫煙などもしていた。窓から小便をする馬鹿者もいた。

母が月に一度ほど、鶴岡からやってきて家の掃除などをしてくれる。すると汚いタバコの吸い殻を容れた缶などが押入れの隅から出てくる。オレのじゃない。オレは吸ってないから、というと母はすぐに信じたが、きっと心は痛めていただろう。ごめんなさい、お母さん。

とてもこんな状態だから下宿の部屋でベンキョーなどできなかった。掃除などもしないから、部屋は荒れ放題、オレは自分の畳の上に絨毯《じゅうたん》敷《じき》の部屋を、ほかの馬鹿者が寝転がっているなか、厚いスリッパばきで、生活していたものさ。

とはいえ、夏休みなど、近くの自分の高校に自主登校し、なかで風通しのよい場所を探し、そこの廊下に机を出し、アンダーシャツ姿で汗をかきかき、受験勉強にはいそしんだ。それはそうだよ。勉強家でもあったんだオレは。

ただその時間が多くはなかったということだ。

一二月頃、オレの部屋に勝手に上がってくる奴らに急に腹が立ち、お前ら、出てけ、もう二度と来るな、と全員を追いだした。そんなふうにオレは急にキレることがある。

年があけると、どんな制度だったのか、受験に備えて、オレの高校は――山形東高という高校だ――自主登校になるのだが、オレは、下宿を畳んで、親の住む鶴岡に帰ってしまった。そこで、バカな奴らからはおさらばして、いい気分で、二ヶ月、集中して勉強した。

そして上京し、大田区の大森の工場地帯に住む親戚の家に寄宿し、もうすでに上京し、東京の大学生になっていた兄に連れられて、受験した。

ノンキャリアの警察官の父には、大変なギリギリの経済的負担だったろう。東京の大学に同時期に二人、息子を出す。兄は私立の大学に通い、三年生だった。

大学は、東大の文Ⅲ（人文系）のほか、早稲田の文学部を受けた。運よく――特に東大の受験では強運にめぐまれた――両方に受かったが、となると、オレに憧れの早稲田に行く選択肢はなかった。東大は国立。授業料が安い。なにしろそのころ、月千円、年一万二千円。当時の大卒の初任給と比べても半分くらいだった。

＊

さて、強運にめぐまれたというのは、オレは高校二年のときに、大江健三郎という未知の若い小説家の魅力につかまった。それから、完全にこの素敵な小説家のオッカケになった。この小説家の書くものなら、どんなものでも切り抜き、スクラップしていたんだ。

最初に知ったきっかけは、一九六四年、高校二年のとき。大江さんが雑誌『文學界』に連載していた「日常生活の冒険」という小説を読んだことだ。我が家の警察官の父は、人文芸術にめっぽう好奇心、憧れの強い男で、家には、『文藝春秋』、『中央公論』など総合誌のほか、『文學界』などという文芸誌まで定期購読されていた。

高校二年の中間テストが近づいたある日、よくあることだと思うが、ベンキョーしたくなくなる。そこでふっとこの文芸誌を手にとった。タイトルの面白さに惹《ひ》かれて、何気なくページを開き、読んだら、主人公（斎木犀吉《さいきさち》）の前を、若いヒロイン（卑弥子《ひみこ》）が横切る場面に「陰毛を葡萄《ぶどう》の房のように抱えて」という比喩があって、オレはその素敵さに一撃を受けた。ノックアウトされたのさ。

当時まだ無名に近かった大江さんの友人、伊丹一三（伊丹十三の当時の名前）という「日本人離れ」した青年を主人公のモデルにすえた、素敵でスリリングな小説だった。そのところで、東大の試験の第一日目の最初の科目は国語だ。試験用紙をめくったら、その第一問というのが、この大江健三郎の文章だったから驚くじゃないか！

一九六四年のオリンピック開催をめぐる朝日新聞への寄稿文だった。そこには、この文章はいつ書かれたか、なんて質問まであるんだが、オレには日付さえいえる。楽勝、ってわけさ。

こうして第一問をらくらくクリアしたオレは、落ち着いて他の問題にもとりかかることができた。その余裕があって、次の科目、それ以降も、多分ふつうよりは上出来に対処できたんじゃないだろうか。

だんまりスケベエ気味のオレは、終わったあと、心配そうに「どうだった?」と聞く兄に、「うん、まあまあかな」なんて渋く答えたものだが、こりゃあ、東大、行けそうだな、なんてすっかり合格を確信していた。

＊

とはいえ、オレは何も最初から東大をめざしていたわけではない。山形という東北の地方都市の進学校にとって、生徒を送り出す第一目標は東北大学だ。東北各県のいわゆる進学校同士で、合格者数を毎年、競い合っていて、むろん、オレの母校は仙台一高とか仙台二高という東北大学の地元の進学校の後塵《こうじん》を拝していたわけで、それもかなりの差があっただろう。その差を縮めようと躍起になっていた。それでオレはとにかく、東北大だけは受けまい、と思っていたのさ。

ではどうするか。家には金がないから、第一目標は、国立大だ。オレは当時読んだりしていた河盛好蔵《かわもりよしぞう》のエッセイが面白く、雑誌の座談会などで司会する河盛という人物の鷹揚《おうよう》な人柄もいいんじゃないかと思ったので、進学指導で、「きみはどこが志望だ?」と教師に聞かれると、「一橋の仏文です」と答えた。河盛は東京教育大の先生だが、なぜかそのときは一橋大の教師をしていると思っていた。

すると、集中した秋以降のベンキョーの結果成績もあがり、いまや本心、オレを東大にやらせたいと思っている進学担当の教師（担任でもあった）は、呵呵《かか》と笑って、「お前ね、一橋大学は昔、商科大学といってね。文学部なんてないんだよ」といい、「文学部なら、東大にしろ！」と言った。

家に帰って、母に、東大にしろ、といわれたというと、母は少し嬉《うれ》しそうにしたが、でも、自分で決めなさい、と小声でいった。

一方の父は、帰宅し、その話を聞いて、すっかりその気になってしまった。そして文学部はダメだ、法学部にしろ、などといいはじめた。自分が警察でノンキャリアで苦労してきた。今度は息子を警察のキャリア組に仕立てて、鬱憤《うっぷん》バラシしようという魂胆さ。

これでは、母と父にそれぞれ、思い出がある。いま考えると、オレの母は信じられないくらい優れた人物だったと思える。そうなんだが、オレは当時はまったく、そうは気づいていなかった。女きょうだいのいないオレはウブで、女性とは、みんな母のようなものだろう、って思っていたんだ。

母はオレにベンキョーしろ、といったことは一度もない。オレを叱《しか》ったことも、オレに怒ったことも（一度を除くと）なかったと思う。ノリちゃんは、いい子で、ただ短気なのが玉に瑕《きず》、が口癖だった。いい母親なのさ。

しかしこれはオレだけのことではなかった。じつはこのあと、オレは、兄とぶつかり、数十年、仲違いし、いまから六年前（二〇一三年）、息子が事故で死んだとき、オレがそのことを電話で伝えた。そしたら何かゴトンと音がし、この兄が号泣していた。

それで、数十年の反目、わだかまり、対立の気持ちが消えた。理由？　わからん。でもそうだった。以後、この兄とは、よい仲に戻ったんだが、その兄がいうには、母は、兄に対しても一度もベンキョーしろといったことはない、良い大学に行けなどといったこともないと。それは彼にはずいぶんとありがたいことだったはずだ。

というのも、父はノンキャリアで苦労しすぎて出世主義者になっていたわけで、家の長男である兄には、プレッシャーを与えっぱなしだった。兄には小学校の高学年から家庭教師がついた。この山形大学（ヤマダイ）の学生が来ると兄は逃げ回って押入れなどに隠れる。すると嫌味なガキの弟のオレが「ここ」などと指さして、密告して、兄は観念して出てくる。

算数などやっていて、兄がウンウン唸《うな》っていると、それを脇で見ているオレが先に答えをいってしまうものだから、兄の面目は丸つぶれ。兄からしたら、実に嫌な弟だったろう。

というわけで、和解したあと、息子を偲《しの》ぶ息子の友人を何人かまじえた集まりで、母の話になり、いや、オレにもお母さんは一度もベンキョーしろとはいわなかった、と兄がいったときには、驚いた。

これに続いて、それだけじゃない。オレも一度も、お母さんに叱られたことすらないんだよ、と言ったときには、さらに驚き、母は、あまりいないような女性だったのではなかったか、とはじめて、じつに、思ったわけさ。

というのも、兄は、ここでそういうのは彼に申し訳ないんだが、夜尿症があって、弟のオレは何かケンカするたび、「なんだ、この寝しょんべんたれ！」などと悪態をつくので、彼はその度、逆上して殴りかかってきたものだ。そして、その夜尿症を、父は叱ったので、兄は小さな心を痛めていた。しかし、そのことでも母から何か言われたことは一度もない、そのことも含めて、一度も叱られたことはない、というんだよ。

福島県の白河で生まれ、山形県の楯岡《たておか》という町のかなり大きな旅籠《はたご》屋の娘となったが、幼時、母が早世、さらに父も事業に失敗したか病気だったか、定かではないが、家は没落。長姉のお幸おばさん（オコバチャン）を母代わりに育った。本人は何もいわなかったが、かなり女学校では優秀だったらしい。当時の先端的な若い女性の仕事、電話交換手の職についていたんだ。

＊

ところで、その母の遠縁（奥さんのハトコが母という関係）に、Nという旧家というか、かなり立派な家があって、そこの当主というのが、もう退職していたわけだが、三〇代で山形警察署長をやり、それまでに大正期から昭和初期にかけて東北農村での娘の身売りなどに反対して人道主義的な運動を行ったりもする、独立心あふれる、もと地方警察官僚として知られた人物だった。

内村鑑三に打ち込み、その教養を見込まれ、何と戦前には県警察の特高課長みたいな職につきながらも、自身クリスチャンでもあることから当時危険人物視されていた矢内原忠雄《やないはらただお》を呼んで監視の目が光る中、自ら司会するような、破天荒な人物だった。

それが斎藤茂吉の生地でもある上山《かみのやま》の警察署時代の若い父の上司でさ。父はちゃっかりとこの人物の懐に飛び込み、やがてはこの人物の仲人で、その家の遠縁にあたる母と見合い結婚したというわけだ。

で、オレが東大に行けそうだ、とわかったとたん、父の攻勢が始まった。毎日、法学部に行け、の連続。オレが頑固で、ありえん、の一言なので、この父が尊敬する、自身歌人で結城哀草果《ゆうきあいそうか》（山形市居住の名高い歌人）の弟子筋でもある、文学にも通じたこのNという人物の前に連れて行った。このN家の長男は、国立大学の法学部を出て、すでにキャリアのエリート警察官だった。

当時、野坂昭如《あきゆき》さんとユニークなメディア・キャラクターに育つ野末陳平《のずえ》さんが、ヘンな漫才まがいのことをしていた頃で、テレビに登場してきてそのコンビの名前をワセダ中退・落第、といった。それを受けて、この人格者はオレにいった。

――そうか。しかしキミは文学部に行ってその後、どうするんかね。あの連中みたいに漫才でもやるか？

オレは、それもいいね、などと嘯《うそぶ》いて、そっぽを向いていた。それでやがてはさすがに人格者もさじを投げた。

その後、オレは老年に近づき、その名も「野蛮人の会」などという変わった名前の忘年会のメンバーにいれてもらうのだが、ほんとうはそういう会のメンバーになるよりかずっと前から、オレは根っからの田舎者の野蛮人で、本当に手をつけられなかったわけなのさ。

*

その頃、山形の高校の三年生だったわけだが、なぜかひょんな偶然から生徒会の常任委員などをやらされることになった（確か友人が生徒会長に立候補するなどとバカなことを言い出して、オレは落ちるとわかっていたから義理でその下の常任委員候補というのにつきあった。そしたらその友人は落ちて、オレだけがこの委員に受かってしまったのだ）。

しかし、高校当局と生徒会が無帽登校を取り締まる運動のさなか、オレは関係ない、とばかり、生徒会常任委員のオレ自身が無帽で通す、というデタラメさだった。

自分でもどこから出てくるのか、なぜ出てくるのかわからない反抗心に、ほとほと手を焼いていたんだ。

#2 ベビーブーマー世代の一標本

このあと、大学に入るわけだが、その前に、この反抗心の出所について、今のオレの考えを少しだけ、述べておきたい。これはオレにとっては自分のことを考えるうえでも欠かせない一つの問いだからだ。

なぜオレは反抗的だったのか。いまも社会に対して心を整えてからでないと素直になれない向きがあるのか?

オレの考えでは、これには文明史的(?)背景があるように思う。例の世界的な一九六八年の若者革命(パリの五月革命が有名だが、同じ頃、中国では紅衛兵、日本では全共闘、アメリカではヒッピーイズムと大学での反戦運動、市民権運動など、東欧でもプラハの春など、反体制運動が同時多発したことはよく知られたとおりだ）はどこから来たか。

これは、一九四八年生まれのオレみたいな、第二次世界大戦の戦争直後の世界的なベビーブーマー世代が、二〇歳に達する年でもあった。

それだけじゃない。戦後の経済成長がそれなりに成熟、日本やドイツのような敗戦国などのばあいなら、飛躍的成長をとげ、爛熟《らんじゆく》する兆しのあった年でもある。

オレは、そういうことと、当時のオレの闇雲な年上の世代に対する反抗心、対抗心は、無関係じゃなかったと思うのさ。

オレの世代的実感をいうと、オレたちの世代前後は、そう、戦後社会における「戦争」の激震が作り出した〝津波〟みたいなものだった。それは単なる比喩じゃない。一九四七年から四九年くらいまでの生まれの子どもたちが大挙出現したため、社会組織が、この子どもたちが成長するにしたがって、すべて組織替えされたり、校舎の建て増しを余儀なくされたり、さらにはこの新しい購買層をターゲットに新製品が作り出されたり、市場が更新されたりと、ちょうど津波の波頭が押し寄せるみたいに、変えられていった。

それをオレたちは無意識のうちに、いわば身体化してしまった。その結果、自分の中に何かいわれのない万能感を植えつけられてしまったというのがオレの考えだ。そういうことがあって、かつてのオレみたいな手のつけられない生意気な、野放図で野蛮な若者が大勢、生み出されることになった。オレは本気でそう思っているんだ。

＊

たとえば、オレは幼稚園を落第している。なぜかというと、前の年までは何の問題もなく入れていた幼稚園が実際――オレの兄は一九四五年の生まれだが幼稚園はフリーパスだった――オレの年代になって該当する子どもが多く入園希望者がリミットを超えたからだ。それで入園テストなんて小癪《こしゃく》な真似をはじめた。その結果、オレみたいに何も知らない幼児は、そこで奇妙な質問を受け、あえなく討ち死にしてはじかれてしまったわけだ。オレ？　オレの場合は、サ行とタ行がうまく発音できないというのが理由だ。そう聞いている。いまもオレにはその気味があるから、いまでも、見事落とされる可能性がなくはない。

山形市内で一番大きな中学校である第一中学校というのに、オレは中学二年のときに尾花沢という田舎の中学校から転校するんだが、そしたら、オレの学年はなんと一四クラス、前後の学年も一二クラスだったり一〇クラスだったりした。

いまも覚えているが、一クラスの人数は五四人。机は教室にびっしり。普通なら授業参観のおりなど父兄が教室の後部に立って授業を見るものだがそんなスペースはない。後部の壁にくっつく形に机がならんでいた。中学校はプレハブ校舎みたいなものも建ててこの〝津波〟の到来に対処した。これは例外じゃないよ、なにしろ、写真家の同年代の友人石内都によると、横須賀では二部授業だったというんだからね、午前と午後と。

そういうことの積み重ねが、恐ろしいことに年上の先行世代と既存社会に対してある種の全能感をもった生意気このうえもない若者集団を作り出してしまっていた。世間では消費革命が起ころうとしていた。そして世の産業社会はこのひとかたまりの巨大世代集団——団塊の世代と呼ばれた——を無視するわけにいかなかった。そして事実多くのトレンドがこの世代を発信源として世界的に生まれた。それで、あげくのはて、世界を動かしているのは自分たちだ、という感覚を一時的であれ、この年代の人間はもつことになる。生意気このうえない、と書いたが、これを甘く言えば、抵抗心と全くこれまでにない独自の価値観をもった独立心ある、と言い換えることもできる。そういう若者たちが全世界的に一つの〝津波〟の波濤《はとう》として、押し寄せてきて、まあ、これは粗雑な仮説だが、その震源は世界戦争としての第二次世界大戦。その「波頭」が大きく社会とぶつかって社会を変える騒動になったのが——ほとんどその「変革」は空振りに終わって実際はポジティブな帰結はもたらさなかった、単なる社会の〈お騒がせ〉に終わったわけだが——、一九六八年だったというのが、オレの解釈の基本構図なんだ。

だからオレの感じから言っても、この世代というのは、奴ら自身がまだ「若者」の頃は、手がつけられなかった。年上の世代に対しては「そこのけそこのけお馬が通る」だった。オレも、年上の人間一般に対してはまったく無知と無恥心とが加わって何の尊敬心もなかった。いくらでも言い負かす自信があった。だから、自分自身が「もう若くない」壮年くらいの年代になって、さらに若い年代の人間から思いがけない反発の声を上げられたときには面食らったものさ。どう対応していいものかわからず、ちょっと戸惑った。

＊

最初に声を上げるような書き手というのは、若い世代としては生意気でまた独自の世代意識をもっていたりするものだ。オレの場合、最初にそんな声に出会った相手は、大塚英志というヒトだった。先行するベビーブーマー世代、「全共闘」世代への彼の異様な反発には、驚かされたものだが、でも彼を嚆矢《こうし》とする後進世代の反発には、根拠があった。もう「若く」ない、会社でいったら中間管理職くらいになっていたベビーブーマー世代＝全共闘世代というのは、その自覚がないまま、いまや旧来の価値観と困った自負心と不要な懐旧心をもった、かなり醜悪な社会の更新に対する阻害要素になりはてていたからだ。

でもそれは、後の話となる。

#3　オレの修業時代

ここで話を戻す。オレ個人の話、高校の時代の部活動の話を少々しておこう。この後につながるのでね。

実はオレは恥ずかしいが地方出の文学少年でね。最初はウブで、小六のときは貸本屋のマンガと講談社の『少年少女世界文学全集』、『シートン動物記』などに夢中だったが、山形の中学二年くらいのときだったか、巌窟王《がんくつおう》、つまり『モンテ・クリスト伯』を借りようと学校の図書室にいって間違ってロマン・ロランの『ジャン・クリストフ』を借りてきてしまって最後まで読んでしまい、新しい世界を垣間見《かいまみ》たりしたあたりから、次には『次郎物語』だとか井上靖の『あすなろ物語』、吉川英治の『宮本武蔵』などにはまってしまった。けっこう生真面目なものにハマるところがあるんだ、オレは。けっして悪いことではないんだが、これはオレのなかの比較的凡庸といえば凡庸な側面というべきだろう。

高校になると、ヘルマン・ヘッセの『車輪の下』、『デミアン』などをしかつめらしい顔をして読んでいたが、やがて、大江健三郎にぶつかり、現代文学全般にめざめる。また同じ頃、何がきっかけだったのだろう、コリン・ウィルソンの『アウトサイダー』を読んで完全にこれにはまり、ドストエフスキー、ニーチェなど、西欧の読むべき作家、思想家の系列の指南を受ける。

ついで、県立図書館で見つけた文芸評論家、奥野健男の『文学的制覇』、角川文庫の『現代詩人全集』を手引きに一挙に現代日本文学、現代詩へと進化すると、もう高校三年のときには、毎月読むものといえば、『現代詩手帖』と『美術手帖』、あとは出はじめたところだった新潮社の『現代フランス文学13人集』という赤と白の瀟洒《しょうしゃ》な四巻本がお気に入りで、もはや世の文芸誌なんてものももう、軽んじるくらいになっていた。『あすなろ物語』から数年、あっというまの転身・出世さ。でも、このあたりにオレの文学生活の危うさもあったわけだ。いまならわかるんだがね。このあとお話しする「アッケラカン」としていたオレが、なぜちょっとしたことで「つきつめた」人になってしまうか、という問題の原点がこのあたりにある気がするのさ。

で、高校では文芸部というものに入り、部室でチャーリー・ミンガスの「直立猿人」あたりを大音響で流して粋がっていた。

当時、若い文学青年の教師がオレの高校の近くにあった山形北高という女子校の教師にいて、津金今朝夫《つがねけさお》さんといったが、その人がオレたちの雑誌に注目してくれてね。ロレンス・ダレルの『黒い本』を教えてくれたのも彼だった。オレたちの仲間の一人が山形の地方紙、山形新聞通称ヤマシンの定期的な文学賞に入賞したりしてね。なかなか活動も盛んだったんだ。

そこでオレは、一九六五年の文芸部雑誌『季節』三〇号というのに、小説と一緒に評論を発表している。そのうちの評論は当時、偶然、山形の銀映という映画館で見てすっかりハマってしまったフランスのヌーヴェルヴァーグの映画作家、ジャン＝リュック・ゴダールの一九六三年作品『軽蔑』論で、「『軽蔑』の方法」というタイトルなのさ。

いま読み返すと、「映画は視線による芸術である」というゴダールの映画冒頭のマニフェストに反応して『軽蔑』には主人公の妻が夫を「軽蔑」する、その心の動きが「何も説明せずに表現」されていると書かれ、それが『軽蔑』の「方法」だとされているほか、ゴダール自身がこの映画製作後、妻のアンナ・カリーナと離婚していること。作中、ブリジット・バルドー演じる女優がフランス人脚本家のミシェル・ピッコリを「軽蔑」したまま自動車事故死することを受けて、「人は容易に軽蔑され得る」、「ごく当たり前に人は軽蔑され」、「そして、そのまま彼らは生きなければならない」などと気の利いていないわけでもないことが書いてある。

ミシェル・ピッコリのフランス人脚本家とジャック・パランスのアメリカ人プロデューサーを配したこの南欧を舞台としたまったく新しい映画を見て、慄然とした、その記憶はいまも新しい。

＊

そういうことはままあるんだが、地方というか僻地《へきち》には、かえって辺境にいるために触覚が異様に伸びたコオロギみたいな存在が生まれるもので、大学に行かずにそのまま編集者になり、いまは批評家をやっている三浦雅士さんなんていうのは、まったくそういう存在だ。オレの友人にもそういう同年代の鬼才的編集者がいて、彼は都会育ちで入澤美時《いりさわよしとき》というが、やはり高校を出たら大学なんかに行かずにそのまま編集者になった。地方というだけでなくて時代ということもあったのだろう。残念ながら入澤さんは急逝したが、その読書量と知的世界の広さは圧倒的なものだったよ。

オレも、それには及ばないが極めて新しがり屋でね、『美術手帖』なんかでは海外の動向なんてものを食い入るように読んだ。いまでも覚えているのは、当時注目されていた美術家ロバート・ラウシェンバーグが作品を酷評されて、ニューヨークの路上で泣いていた、という数行の記事だったりする。そうか、作品を酷評されて衆人環視のなかで泣く、というのもアリなんだ、なんて思ったのをおぼえているよ。

まあ、嫌な文学少年だったわけさ。

だから、東大に入り、やはり文学サークルに顔を出したときには、そこにいる学生たちの読書量の少なさに、内心びっくりしたものだ。

もうこれくらいで、話を本筋に戻さなければならないんだが、その前にもう一つ、映画の話だけはさせてもらいたい。

山形というのは昔から映画館の多い町だった。いま、山形国際ドキュメンタリー映画祭というものが行われているが、その素地は、たしかにあったんだ。洋画を上映する映画館も、山形東宝、銀映のほか、山形宝塚の二階に五〇人くらいの座席数の「小劇場」というのがあって、オレはそこで、フランソワ・トリュフォー監督の作品と出会う。最初が、歌手シャルル・アズナヴールが主演した『ピアニストを撃て』、それからすぐに『突然炎のごとく』。

この二作には、本当に心が震えた。

この小劇場では、ほかにエリザベス・テイラー主演の『去年の夏突然に』なんていうのも見た。またその頃、銀映で見た『僕の村は戦場だった』というソ連映画も心に残ったが、これがタルコフスキー監督の処女作だとは、その頃は気づかなかった。

さて、こんな具合でね。先の『軽蔑』論の載った文芸部の雑誌が出たのが一九六五年の秋。高校三年の夏休み明けだった。その頃のオレの関心の先は、大江さんのほかに倉橋由美子、島尾敏雄など。一つ年下の友人にムラカワくんという友だちがいて、彼は当時山形にいないような読書家でね、『死靈《しれい》』というすごい小説を書いた埴谷雄高《はにやゆたか》という小説家がいるなんて話は、当時高一だった彼に聞いたはずだ。ほかにはオレは現代詩が好きで、お気に入りは長田弘《おさだ》と『凶区』の詩人渡辺武信。少し古いところでは蔵原伸二郎の詩が好みだった。

むろん先に書いたようにオレは、夏の間もベンキョーしていた。そして、この後、ベンキョーに集中することになる。それで、運も味方して、めでたく東大に合格して、六六年四月、晴れて東大駒場の学生になるわけだ。当時は気づかなかったが、こうしてこのあと、オレの悲惨な――悲惨なだけじゃない、楽しみも歓《よろこ》びもたくさんあったわけだが――六年間の扉がようやく開く。

#4 一年目

今から考えると、オレの東大生活は三つの時期に分かれるみたいだ。清新な午前の光のうちにある最初の二年と、それがやがて背中を焼くような午後の陽《ひ》の光に変わり、ついで急速に翳《かげ》っていく次の二年間と、夕暮れてやがて暗い夜の闇に包まれる最後の二年間だ。はじめの二年間は、一番オレがいわゆる大学の学園生活とはじめての東京での生活を満喫した時期だったといえる。

四月の入学式には母がついてきてくれた。母はあまり表に出る人ではない。いつも後方にいて静かにしている。その母が息子の入学式に出てくるというのだから、きっとうれしかったのだろう。

でも、入学式ではその後、何度も後悔するようなことをした。いまも、後悔している。安田講堂での入学式がどんなものだったかはすっかり忘れている。おぼえているのは式が終わったあと、講堂前の並木道を歩いているときのこと。その両脇にたくさん写真屋さんが並んでいて、いわゆる「記念写真」を撮ってくれているんだ。晴れの東大入学式の記念写真だ。

そのとき、いつもは何も言わない母が、立ちどまって

「ノリちゃん、撮ろうか」

と言ったのさ。

それに対してオレが、そんなクダランもの、と唾棄するように言うと、母も
「そう?」

一言いって、ついてきた。

でも、その後、山形の家に帰るたび、また、時間が経《た》つたび、茶の間の一角に、家族の写真が少しだけ並んでいるところがあるんだが、そこを見るたび、もしあのとき「入学式の記念写真」を撮っていたら、その写真は、ここに置かれていたろうな、と思うのさ。

するとと、茶飲み仲間のおばさんなどが来て、これを見て、「ノリちゃん、偉いわねえ」とか「奥さん、よかったねえ、こんな式に出られて」などと言う。けっして自分から自慢したりすることのない母だから、そうして息子や自分を世間的に祝福してくれる隣人の言葉は、ほんとに珍しい、世間的な喜びを味わえた瞬間だったろう、と思うんだよ。

そういう俗っぽい喜びを、母にもっともっと味わってもらいたかったのに、そういうまたとない機会を失った。というのも、その後のオレの人生は、それからずっと落第続きになるんだからね。あれは大げさにいうと、人生最後の、世間的に誰にもわかってもらえる晴れ舞台だったんだ。

さて、その後、大学が始まるわけだが、そのときのオレがどんなふうだったか、いま、思い出すことがある。

＊

わが家には当時、子ども二人を東京の大学に送り出すのに十分な資力がなかっただろうというのは先に言ったとおりだが、それでオレは兄貴と同じアパートに同居することになった。兄も引っ越して、八畳くらいの広さにキッチンのついた、いまで言うなら簡易1DKみたいなアパートに入ることになったわけだ。大家はメディアのTBSのディレクターをしていたという少し洒落《しゃれ》た人物でね。コダマ・セツオさんといった。その新築アパートも何だか意匠が当時としてはハイカラで、洒落ていた。

オレたちが入居してほどなく、その大家が、アパートの前で偶然会ったかしたおりに、オレを家に招《よ》んでくれた。で、キミは大学で何をしたいの？　みたいなことを聞いてくる。オレがどう答えたのかはすっかり忘れているんだが、彼が言ったことはおぼえている。オレは、ずっと山形での言葉遣いのままに、「オレは……」で話していたらしい。そしてそれが前TBSディレクターの彼の耳には異様だったのだろう。オレの話をさえぎってね、彼は言った。「キミね、東京に来たんだから、話し方を変えなさい。オレっていうのは目上の人間を前にしてよろしくない。ボクって言いなさいヨ」

オレの高校からは五〜六人がその年、東大に入学したんだが、文Ⅲつまり文学部相当はオレだけだった。オレは学部内に誰一人知り合いがいなかった。最初の二週間くらいはほとんど誰とも話さなかった記憶があるが、それは、この「ボクと言いなさい」が影響していたかもしれない。

オレにはいまでも、山形の方言というか、イントネーションが残っているし、話し方が幼稚園落第以来のある種の稚拙さをとどめている。いまも娘がよく、オレのしてくる電話の真似をして、笑うんだが、それは発音がヨチヨチ歩きの幼児の話し方とどこか似ている。娘からは、テレビには出ないほうがいいね！　と釘を刺されている始末さ。

最初におぼえた「東京の東大語」は、バスや電車で何かのおりに発する「失礼！」というコトバ。仏語でいうPardon!だね。さすがに、いまはオレも、これはいわない。「すみません」ないし「ごめんなさい」になっているが、一八歳の最初の「東京語」あるいは「東大語」が、これだった。

半世紀前の東大の学生には、いまもそうかもしれないが、エリート意識は確実にあっただろう。オレは自分にはないと思っていた。しかし、しっかりとあったわけさ。そのことを、オレは二年留年のあと国会図書館という国の図書館に就職して、雑誌貸出の受付カウンターに腰を下ろし、勉強に来ている常連の人の一人に、「キミ、大学には入らなかったの？」と訊《き》かれ、痛く傷ついたときに、思い知ることになる。なかなか人生はいろんなピースからできている。

さて、最初のクラス分けのあと、オレは41LⅢ7Dというクラスの学生になった。フランス語専攻のクラスだ。担任はその後、いろいろとお世話になる平井啓之《ひろゆき》先生だった。オレは、つねに「平井さん」と呼んでいた。オレの頃は、黙っていてもそうだった。まあ、オレたちは、戦後民主主義の最後の方の世代で、デモクラシーがある程度、身についていたわけだ。

そこで最初の時間、自己紹介が行われた。オレは自分がどんな挨拶をしたかおぼえていない。おぼえているのは、すべての学生の自己紹介が終わったあと、留年して二度目の一年生となる学生の自己紹介があって、そのときその留年生の彼が少しも悪びれるところなく、去年は自分の考えもあっていろんな活動をしたため授業に出なかったので留年した。一年をもう一度やるが、よろしく、と挨拶したことだ。その気っ風のよさというか、過不足のない潔さみたいなものにこれまでにない新鮮さを感じた。これが後に友人になる、本当は本名を記したいところだが、嫌がるかもしれないので仮名で記すフルモトだ。このフルモトには、その後、いろんなことを教わり、いろんな助力も得ることになる。

＊

さて、このあと、多くの人名が出てくるが、学生時代の友人についてはごく少ない例外を除いてすべて仮名（カタカナ名）とすることにする。オレの記憶なんてものもだいぶ怪しくなっているうえ、これらのことをすべて相手に確かめて書くなどということも現実的ではないからだ。すべてはオレの自分を中心にした妄想のようなものなんだと、このことを考えると思い知らされる。違和感があるといっても、それを感じるのは、オレだけだろう。他のもと友人たちに迷惑をかけるわけにいかない。でも、自分の記憶の限り、確認可能な限りは、正確を期することにする。

さて、いま考えると、大学に入っていわゆる平穏な学生時代の学園生活みたいなものを過ごせた一年半というのが、この一九六六年四月から翌六七年一〇月までだった。

でも、この時期、若い人間は多忙だ。オレの記憶の中では、大学では、フランス語の勉強（フランス語の学習の最初の難関は動詞活用表を暗記することだ）、あとはいくつかの心に残る授業があったほか、大学外の生活、つまり当時でいうと、新宿での生活が圧倒的に大きな位置を占めることになった。まあ、高校の生活の延長で、オレは少し大学での学問をナメていたきらいが大いにある。そのしっぺ返しを後できつく受けることになる。

駒場の大学の授業で圧倒的に面白かったのは、漱石研究家の越智治雄《おちはるお》さんの国文学の授業で、これはいつも教室が満室だった。何しろ一九六六年時点の国文学の授業で、越智さんは、鮎川信夫とか石原吉郎の現代詩から井上光晴、島尾敏雄の同時代文学までを網羅した、なんとも心の躍る授業を毎回してくれた。

こんなに面白い授業っていうのもあるんだ、と驚いた。残念ながら、越智さんはその後学者としての仕事を完成させることなく五三歳の若さで病没される。

もう一つは、これと対照的な、批評家・寺田透さんの日本画を鑑賞するという授業。結構広い教室に最初から十数人しかいない。そこに授業がはじまって五分くらいしてからだったろうか。細身の寺田さんの実物が風呂敷を抱えてやってきて、よく通るしかし低い声で、絵と映画について触れたかと思うと、最近活動は見ていないんですが、最近といっても先の戦争が終わってからですが、みたいなことを言う。オレはすっかり感激したものさ。これが文学者というものの話し方か、と思った。

しかし、結局、オレはこの授業にはついていけなかった。寺田さんは学生に、次回やる日本画を見てくることを要求した。そしてそれについて次の時間に話すんだが、ときどき、学生にも問いをふる。

とても、その日本画を見ないで授業に出る勇気などない。しかも、最初の十数人があっというまに六〜七人くらいに減ってきた。最初は上野の美術館だったからよかったが、すぐにあまり聞いたことのない美術館になった。たしか渋谷から根津美術館に行かなければならないところで、オレはうまく行けずに諦めた。いまとなれば、貴重なチャンスを失ってしまったわけだ。寺田さんは、その後、「大学紛争」がはじまると、ほどなく五四歳の若さでさっさと「文人」は新制大学とは気分が合わず、といってやめてしまうんだ。

あと、記憶にあるのは、平井さんがフランス語講読で選んだミシェル・ビュトールのエッセイ、一般教養の大教室の授業では、最初の時間に、ソ連史学者、菊地昌典《まさのり》さんが一抱えのマイクロフィルムを持参して、このレーニンの『国家と革命』草稿で執筆過程を分析すると、突然の飛躍がいくつか見つかる、なぜそれが起こったかわからない、レーニンは天才だ、とそのとき自分は思った、という話をしたこと、また、社会思想史家の城塚登さんが「疎外」という概念を説明するのに何だか面白い図を黒板に書いたこと、くらい。そのほか、オレに大学一年時の授業の記憶はほとんどないというんだから、ひどい話さ。記憶にあるのは、何といってもはじめての東京の夏。新宿の東口から中央通り、また二丁目、三丁目界隈《かいわい》、あとは渋谷の百軒店《ひやつけんだな》周辺、ということになる。

＊

オレが東京に出てきて最初に一人で訪れたジャズ喫茶は、新宿東口から出てすぐのところにある「びざーる」だ。高校三年の頃から、『スイングジャーナル』は毎月見ていたから、その末尾に載っている東京、大阪、名古屋あたりのジャズ喫茶の広告で、名のしれたジャズ喫茶の名前は知っていた。新宿の「木馬」、「ピットイン」、渋谷の「オスカー」など。「びざーる」もその広告で知っていた。でも、一人で狭い階段を地下に降りようとして、何度かためらったものさ。どんなところかわからないし、すごい音響が下から昇ってくる。でも勇気を出してドアを押した。大音響、そして立ち込めるタバコの煙。それからは、しばらく、「びざーる」に入り浸った。逆から言うと、その他にはまだ、行けなかったってわけさ。

オレの大学一年目の夏は、いま考えると兄と住んだ小田急線の狛江という町と大学のある駒場の往復が中心で、それとそこから足を伸ばした下北沢、新宿、渋谷を時々、訪れるといったふうだった。

＊

オレはその後、大学の文学サークルに入る。駒場には大学の認めた文学サークルとして、文学研究会というのと、文学集団というのと二つあった。たしか隣接していたが、この二つの関係というのは、一九六〇年の安保闘争のときに反逆した連中が、文学研究会から飛び出して新しく文学集団というものを作ったということだった。そして、オレが入った頃は、文学研究会が『駒場文学』を発行し、文学集団が『東大文学』を発行してうまく棲《す》み分けていた。しかし入ってみてわかったことは、このうち『東大文学』は、駒場にいた文学集団のメンバーがそのまま本郷に進学してなおそれを手放さずに、その雑誌の掲載決定権を握り、この雑誌をいわば「わがもの」にしていたことだった。

当時は、すでに石川淳論の掲載で名高い野口武彦さんが大学院にいてこの雑誌の執筆陣の中でひときわ輝きを放っていたし、文学集団在籍中に「白髪の青年」という小説作品などで注目されていて大きなインパクトを残し、その後詩人となる藤井貞和さんも本郷にあって、この年、もう大学院に進んでいた。

このとき、文学集団にいたのは、このあと、人前に顔や名前を出すようになった例でいうと、その後、都市工学科に進むシゲノくん、この人はこの後、民主党から出馬して衆院議員になっている。化学関係に進んだコジマくん、この人はその後、大きな化学関係の会社の副社長なども歴任している。このうち、シゲノくんにはこのときからパイプなど燻《くゆ》らせてすでに大人の風があったが、コジマくんはびっくり。この人は、才能豊かな人でオレなどはてっきりユニークな建築家になるんだろうと思っていた。しかし、二人ともいまは交渉がない。

オレがもっとも深くつきあったのは、この先もどしどし、カタカナ名の仮名でいくが、一人はムネチカくん、この人は一種、人騒がせな風雲児でね。オレもかなり生活をかき乱されはしたが、それを超える刺激をもらい、一緒に遊び、かつ論じ、学ばせてもらった。数学専攻だったが、実家が経済的困窮に陥り、孫悟空みたいなキテレツな活躍を学内外でする一方で、日雇いのアルバイトなどもして家に仕送りをしていた。

一度は近くの東京教育大附属駒場高校や麻布高校の高校生たちを集め、何かやろうとした時期もあり、オレの記憶が正しければ当時高校生だった矢作《やはぎ》俊彦さんに、オレはムネチカくんの下北沢のアパートで会っている。たしか石ノ森章太郎（当時は石森章太郎といった）のマンガのアシスタントのさらに助手くらいをしていて、「ここ、僕が描いたところ」といったか、「オレが描いたところ」といったか、とにかく数コマを見せてもらった。

ムネチカくんは、結局、駒場に何年かいて、本郷には進まないで中退した。その後、仙台に流れ、その地で最初に電話帳を開いたその頁に載っていた大工見習い募集を見て応募し、大工になる。高いところから何度も落下しては保険を受けていた。一緒に住んで結婚もするのがS子さんで、オレは彼女くらい部屋のレイアウト、配置、また音楽、絵画の好みにセンスのある人を知らない（もうひとりこれに迫る人がいるとすれば後に出てくるグンジくんの伴侶のY子さんで、この人もセンスが抜群だった）。

ムネチカくんと下北沢で同棲《どうせい》しているとき、たくさんの人間がムネチカくんのアパートにたむろしたが、その部屋はだいたい、近隣から出た廃品の机、棚、椅子からなっていながら、それはそれは、素敵な部屋にしあがっていた。

当時、近くに「マサコ」という喫茶店があって、そこの室内が当時、このS子さんのセンスに近かった。でも仙台に移ってからの彼らとのつきあいは、大学卒業後、別の話になるから、ここではしょる。

もう一人は、タカノで、当時もさんくんづけのつきあいではなかったので、ここでもそう呼ぶ。彼は法学部の学生で仲代達矢みたいなイケメンでかつ空手もやるという異色の二歳上の文学青年だった。弁護士をやっていた父上が危篤のときも、麻雀をやめずに結局親の死に目に会わなかったという男で、なかなかニヒルでとにかく女性によくもてた。

オレは当時の彼の同棲相手の女性に、うちのターチャンは加トちゃんとは違うから！（つまりイケメンでもてる！）としっかりと釘を刺されていたものだ。彼女は大学生だったが、下北沢のバーに勤めていて、オレはほとんどボーヤ扱いで誰にも相手にされていなかった。

＊

一方、東京での生活も、二ヶ月ほどをすぎると、狛江での兄との共同生活はもはや破綻を避けられないものになっていた。オレたちのあいだには、一日置きに、晩のご飯を用意するという約束があった。兄はこのとき、大学四年生で就職活動が大変だったんだろう、といまになって思うのだが、あるときからあからさまにその夕食のメニューが劣化するようになった。

オレは、肉屋さんにいって、豚肉、野菜などを買ってきて料理の本を見よう見まねで今日は豚肉のしゃぶしゃぶ、なんて努力を見せるのだが、兄ときたら、納豆にナス入りのお惣菜、みたいな手のかからないものに終始するばかりだ。

またオレは、実家の経済窮乏が身に滲《し》みているから昔からけっこう倹約家で、アルバイトして得た自分のお金をさほど使わず、無造作に小さな机の引き出しに突っ込んでいたが、ある日使おうと開けてみると、ない。兄に言うと、兄は昔から楽天家で、ああ、ちょっと金がなくなったんで借りておいた、などという。オレは逆上し、一方兄は、なぜそんなに怒るんだ、などと鷹揚に応対するものだから、物別れとなり、実家に連絡して、兄との共同生活は半年ほどで解消となった。

＊

とはいえ、この狛江での生活は思い出深いものでもあった。オレはここで三人の友人を得た。二人は、他大学の学生で、一人は同じアパートの住人となった大阪人のナカムラくん、もう一人はナカムラくんの大阪での友人で美大生のヒロセくんだった。ナカムラくんは日大の建築、ヒロセくんは多摩美術大学略称多摩美の彫刻だった。他には、線路の向こうに同じ仏文でほとんど大学に来ないニシカタくんがいた。畠《はたけ》の真ん中にある三畳のアパートに住んでいて、行ったら、小さな座り机と本棚があって、その小さな本棚にはフランス語の本が何冊か、あと小林秀雄の本が並んでいた。何か飲む？　というので、うなずくと、コップに水道の水を入れて差し出された。

でもこのニシカタくんにはその後、二度まで、驚かされることになる。

ちょっと日本人離れした、彫りの深い顔貌をしていて、北海道旭川の出身だった。

大阪から来た友人、とりわけ人柄のよいナカムラくんとは、その後も、いまにいたるまでの付き合いがある。オレでもしっかり友人づきあいができるということを彼はしっかり証明してくれているわけだ。

ニシカタくんはオレに小林秀雄は面白い、と言った。そのコトバには説得力があったので、オレは読むことにした。また、オレが『罪と罰』を読んだのもこの狛江のアパートでだ。兄が途中で帰ってきたので、共同のトイレに入ってそこで最後を読了した。

＊

いずれにしても、九月、オレは晴れて、家からの仕送りと家庭教師でのアルバイト報酬とで何とか切り詰めれば生活できる三畳の下宿を見つけ、そこで一人きりの生活をはじめることになったわけだ。

ナカムラくんたちと別れるのは寂しかったが、一人の生活への期待も大きかった。新しい下宿は、賄い付きで、井の頭線高井戸が最寄り駅。坂を上がった崖の上の家だった。

その解放感たるや！
秋からの駒場での生活は、またこれまでとは変わったものとなる。

#5　新宿の夏、駒場の秋

でもその前に、もう一つ、オレの当時の生活を知ってもらうために、話しておかなくてはならないことがある。

一九六六年春から夏にかけての新宿の熱気だ。オレが恐る恐る東口に近いジャズ喫茶「びざーる」の地下に続く狭い階段を降りた話は先にしたが、その後、新しい展開が待っていた。

具体的にいうと、オレの前に一人のミューズが現れた。オレを色んなところに連れ出し、案内してくれたこのミューズの名前も、ここには仮名で書くが、それは、サジ・メイコという女性だった。山形は西高という女子校の出身で、山形でのオレの文学仲間の近くにいた。美術をやっていて芸大を目指していたが、滑って、「すいどーばた洋画会」という当時目白にあった芸大・美大向けの予備校に通うようになっていた。その彼女がどういうきっかけだったか、オレの前に現れ（オレが連絡したのだったかもしれない）オレにかまってくれるようになったのだ。

＊

このメイコさんは、美術少女だから、「すいどーばた」のツワモノたちからだいたい都内の、あるいは新宿界隈のめぼしいところは全部連れていってもらっていた。そういうところでオレの前に現れた勘定になる。今度はオレが案内されることになったわけだ。

彼女が六六年の五月くらい、オレをさっそく連れて行ってくれたのが中央通りの「風月堂」だ。ここには感激した。中に入ると、もう日本じゃないみたいなんだ。後で考えるとマリファナの匂いなわけだが、外とは違う匂いが漂い、タバコの煙がたちこめ、ああ、街で時折りみかける異様な風体の人々は、みなこういうところにたむろしているのか、とオレははじめて合点がいった。

当時の新しい風俗、思想、ヒッピーイズムみたいなものが充満していて、何人か、雑誌で見かけた顔もあった。

当時は、いまでいうなら古武士のような雰囲気を漂わせる自由業、文筆業の人間が多くてね。話しかけるのははばかられるんだが、その風貌が何とも魅力的なわけさ。

オレはこのあたりで一種、興奮状態に陥ったのかもしれない。それからは、このメイコさんに案内されて、いろんな新宿の喫茶店、ジャズ喫茶などを知り、入り浸るようになる。でも、メイコさんのほかには知り合いはおらず、メイコさんはほうぼうで、よお、なんて声をかけられるのだが、だからといって、そこで人を誰かに紹介するという気風は当時、この世界にはない。スノビズムもあった。少なくとも、地方出身のオレにはそう思えた。

そして、そのミューズにともなわれた日々も二ヶ月ほどで突然終わる。

六月末、ビートルズが初来日する。そこで三回、武道館でコンサートをやるんだが、その一回に重なる日、オレはメイコさんと新宿東口でデートの約束をして、東口広場のベンチで待っていた。そしたら、ギターを抱えた大柄な男が寄ってきて、「キミ、カトーくん?」と話しかけてくる。メイコさんはビートルズの公演の切符が思いがけなく手に入りそちらに行くことになった。ついてはオレにそのことを断りに行ってほしいと彼女に頼まれたというのさ。

それでオレも、相手がビートルズではしょうがないと思い、ギターを持った美術青年とそのあたりを歩いて話した。で、その直後くらいだったと思うがメイコさんが、この間の埋め合わせという気持ちもあったんだろう、オレに、自分のアパートの部屋で食事を作って待ってるから来なさい、と言ってくれたんだ。

しかしオレは昔からヒトから、特に女の人から、誘われると気が萎える、というか、お世話をされるのがイヤな質《たち》なんだ。身体が受けつけない。いや、それはいまの時点からのイクスキューズかもしれない。何しろそのときは一八歳でまだ童貞だったしね。いろいろとその後の展開も考えるわけさ。

でも、メイコさんは、そんなことを考えていたわけじゃあ全然ないんだ。そのことがあとからわかる。彼女のほうがどう考えても同年代とはいえ、住む世界も違っていて成熟していた。考えすぎたんだろう、で、逡巡《しゅんじゅん》したあげくその約束をドタキャンした。すっぽかしてしまったわけだ。

メイコさんは傷ついたろう。ひどくね。オレは嫌なバカなやつでね、その後、メイコさんに何やら訳のわからん手紙を書いた。そして自分で自分向けにも変な文学的な理屈をつけた。少しはその感じを覚えているんだが、それはオレの恥になるんで、思い出したくない。それでオレは、人柄の良い、人も羨む美少女の一九六六年の新宿東口のミューズを、突如、自ら失ったのさ。

だから、この年、オレは「風月堂」、新宿紀伊國屋二階奥の「ブルックボンド」、三越の裏手にあった「青蛾《せいが》」など、メイコさんに教えられて知るようになった気に入りの喫茶店に出入りする一方、このあとは、新宿から少し足を遠のけることになる。そして、先のタカノ、ムネチカくんなどの尻について下北沢で遊び戯れるようになった。新宿に再び入り浸るのは、次の年の夏、ということになるわけだ。

＊

さて、このあと、秋になって、文学集団をめぐって面白い展開が起こった。というのは、この一〇人内外の文学サークルがどういう機縁だったのか、誰が間に立ったのか、東京女子大学短期大学部の文学サークルと合コン（合同コンパ）をやることになったのさ。

東京女子大とか日本女子大とか、お茶の水女子大とか、オレは女子大があるのは知っていたが、そちらの方面にはからきし疎《うと》かったから、ただやはり七〜八人はいただろう。その短大から来た女子学生を、遠くから眺めていた。

なかで明らかに求心力のある生彩ある女子学生がいて、ムネチカくんをはじめとして、間に立った少し年長の学生など数人がたちまち彼女のまわりで自らを競いはじめる気配があった。

いま円熟の小説家として活躍している髙樹のぶ子さんの若い時の姿なんだ。

オレはというと、太陽のようにまぶしい女性は苦手と来ている。あまり目立たないぼおっとした、しかし目鼻の整った女の子がいて、話してみると、バカにおとなしい。しかし、何だか気になり、連絡帳みたいなものに鉛筆で書かれたその子の電話番号を書き取ると、オレはそれを消してしまった。それでその子と連絡が取れるのはオレだけということになる。オレはかなり嫌な悪い人間だね。

で、しばらくしてから、彼女に電話して会ってくれないかといった。誰からも連絡はいっていないから、彼女は、「いいけど……」みたいな感じで答え、やってきた。

こうして、三、四度、つきあっているうち、この女性が実は外見とは裏腹にとても気の強い、自分の考えと好みと独特の仕草の細部を強固にもった人物だとわかった。数学がからきしダメで、一浪していたからオレよりは一つ年上だが、おとなしい外見は完全なメクラマシだったのさ。

多くのメンバーが太陽のごとき現在の円熟した小説家の周りを巡って競いあっているときに、こうしてオレはそれを尻目にはしっこく動いてじつをいうと生涯の伴侶というやつを見つけたことになる。その後、曲折はあったものの、結局この短大の女の子がいまのオレの奥さんになるからだ。

オレが一八歳、彼女が一九歳のときに、オレたちは出会い、結局、オレが二年留年して就職した年の一〇月、一九七二年に結婚するんだ。

＊

その後、オレは三畳の高井戸の下宿部屋で小説を書いた。その当時、よく読んでいたダダイスムの詩人たちの活動、ミシェル・ビュトールの小説の影響を受けて書かれたとはいえやはり素敵な倉橋由美子の『暗い旅』、それにもろもろのフランス現代小説、トリュフォーやらゴダールやらにも一部影響を受けたような原稿用紙一〇〇枚くらいの小説で、シャンソン歌手のアダモの「雪が降る」という歌をかけっぱなしで書き継いだ。

書き終わったときに、学内の小説の賞と学外の太宰治賞というのが目の前にあったが、推敲《すいこう》している間に少しの差で、太宰賞の期限が来てしまったので学内の小説の賞に応募した。

それがその次の年、一九六七年の四月、学内誌『学園』四一号に発表された「手帖」という作品で、もしオレがその後小説家になったなら、それが小さな処女作となったかもしれない。

オレは、この原稿をよくおぼえていないが、とにかく学生会館にある『学園』編集部というのにもっていった。

どうなることかと思っていたが、何の連絡もないからダメかと思っていたところ、四月のはじめに新入生向けに配布されたこの雑誌を覗《のぞ》いたら、オレの小説が載ってるじゃないか。このときはうれしかったね。選評も好評でね、特に担任の平井さんの評価は高くて、オレはその後、平井さんの研究室に呼ばれ、何かと思って行ってみたら、「キミは小説家になれ」と言う。もちろん、もうその気になっていたわけなのさ。
これで、オレの一学年下の新入生の中には、入学そうそう渡された雑誌でオレの小説を好評の選評と一緒に読んだ学生も多かったらしく、オレは文Ⅲを中心にごく一部の文学好きな学生のあいだで、ちょっとした有名人になったようだった。
ただ、問題がなかったわけではない。
一番、がっかりしたのは、この小説の本文の冒頭の一行が、誤植だったことだ。とんでもない誤植で、しかもそのまま流通して、誰もそれは間違いではないか、とは言ってこなかった。それもオレを不安にした。小説は、こうはじまる。

水の中で水が沈む。波がためらいながら遠のいていく。弱々しい水の皮膚を透かすと、ひとつの表情が、その輪郭を水に滲《にじ》ませてぼんやり微笑《ほほえ》んでいる。

それが、印刷された「受賞作」ではこうなっていた。

水の中で氷が沈む。波がためらいながら遠のいていく。弱々しい水の皮膚を透かすと、ひとつの表情が、その輪郭を水に滲ませてぼんやり微笑んでいる。

で、オレはこれを見るのがイヤになった。訂正を申し入れたが、訂正が出るにも、次の号は来年だという。

ところで、当時のオレが、だいぶ生意気だったことは間違いがない。ほどなく、文芸誌の編集者が丁寧な手紙をくれて、あなたの小説を読んだが面白かった、うちの編集部に遊びに来なさい、と誘ってくれたのだが、会いたいならアンタが来いよ、がオレの気分で、オレはそれをすっぽかした。やがて、見開き二頁のエッセイの寄稿の注文が来たが、それもあっさり書いて送りつけた。タイトルはいまもおぼえているが「……を待ちながら」という人を食ったものだった。

数ヶ月の編集部の検討の結果、それは不採用となったが、原稿料はもらった。で、それ以来、ということは、二〇歳くらいから、オレは毎月、その文芸誌『新潮』の寄贈を受ける身分になった。自分が小説家になるのは、当然、みたいな気持ちが、オレのなかには生まれていた。

＊

でも、繰り返すと、若い人間というのは多忙だ。また新しい夏がやってくると、オレは新宿のジャズ喫茶やら新しくできたその後でいうところのカフェバー的な地下の空間に再び引き寄せられるようになる。七月といえばもう夏。この夏休みは、「フーテンの夏」として知られることになるが、オレは一方で前の年に翻訳の出たフランス現代文学の新星であるJ＝M・G・ル・クレジオの処女作『調書』などに魅了されながら、同時にヒッピーイズムの日本的変形といえるこの「フーテン」の熱気にもすっかり巻き込まれるんだ。

えっ、知らない？

フーテンの寅さん？　ではないね。

日本版のヒッピーと言ったらいいだろう。ヒッピーイズムがより軽薄な形で一時期熱病のようにこの夏、東京、新宿を襲った。そういう夏があったのさ。

一九六七年の夏の新宿というのは、サイケデリックだとか、フーテンだとか、ヒッピーイズムにつながる新しい風俗が日本社会の先端部分を席巻した発火点でね。いまは何だかゴテゴテしたものが建って、人が集まれなくなっているけれども、東口広場は当時、小奇麗な芝生になっていた。そしてそこを、新宿の深夜喫茶、ジャズ喫茶にたむろするようになった若者が「グリーンハウス」と呼んでそこに蒸し暑い夏の夜、野宿するようになったんだ。最初、「グリーンハウスで会おう」みたいなことを言っているから、そういう建物があるのかと思ったんだが、そうではなかった。そうして、なかには睡眠薬だとかマリファナだとかを常用する若者もいて、白昼、「ラリって」（半分クスリで酩酊《めいてい》している状態をこういった）路上をふらつく連中も少なくなかった。そういうこの年の夏の新宿の若者たちが、フーテンと呼ばれたのだが、オレも、クスリこそやらなかったが、その風俗の片隅にいた一人だった。

なんでそんなことをしたのかって？　そうだね。よくわからん。当時は、フーテンにもカリスマがいて、その一人はガリバーと呼ばれていた。新しい演劇とか路上パフォーマンスに似たものとか舞踏とかが浮上してきているときで、六七年には寺山修司が劇団『天井桟敷』を、オレの周辺では東大の学生の芥《あくた》正彦が『劇団駒場』を主宰するようになって独自の活動を行うようになるんだが、そういうものを「押し出す」勢いが、この夏の熱気にあったことはたしかだ。その何かをオレは摑《つか》みたかったんだろう。オレの中にひとつの渇望があって、何をしたいのかわからないまま、オレはそれに促されてうろついていたんだろう。

その夏、山形からオレを頼りに出てきた形の年下の友人とつるんでオレはそんなところに出入りしていた。記憶にあるのは、二丁目の「ダダ」と「ＬＳＤ」だ。「ダダ」が地下一階にあって、そこをさらにもぐると地下二階に「ＬＳＤ」がある。「ダダ」というのは、その後舞踏集団『大駱駝艦《だいらくだかん》』を主宰することになる舞踏家の麿赤兒《まろあかじ》の奥さんのダダさんがやっていた店だが、オレはだいたい、地下二階の「ＬＳＤ」にいた。

そこで驚いたことにオレはメイコさんに一年ぶりで再会する。この「ダダ」のカウンターの中にオレのもとミューズのメイコさんがいたのさ。カウンターの中から、オレを見つけて、陰の中でニコッと笑ったかな。

麿さんというのは、唐《から》十郎の『状況劇場』に参加してその後、暗黒舞踏というか舞踏そのものの創始者である土方巽《ひじかたたつみ》に師事した。一方で、舞踏家志望の若者を集め、養成していた。男女がほとんど全裸に金粉を塗って舞踏を行う金粉ショーというものが、大駱駝艦の若手の演《だ》し物として知られていたが、メイコさんは、美術から舞踏に流れ、私もやっているのよと、いつだったか小声でオレに言ってくれた。

オレ？ オレはすっかり恥じ入ってたていで、メイコさんはすごいなあ、と思ったものさ。

＊

その頃、週刊誌の風俗取材みたいなものがあって「ＬＳＤ」まで女優の大原麗子を探訪者にクルーが降りてきたことがある。オレに向かって話しかけたので、なにか答えたんだが、後で見たら、ひどい様子でオレの姿がその週刊誌のグラビア写真に出ていた。その頃のオレは天パーで頭がアフロヘアみたいになっていて、まあ、あとでは、自分としては見られたものではなかった。

でも、当時のカリスマの「ガリバー」の幻影はオレの中に生き続けていて、その人物、その後、シュウゾウ・アヅチ・ガリバーという名のアーチストになる安土修三さんが、このとき、滋賀からヒッチハイクで新宿に来て、一週間しか東口付近、「グリーンハウス」界隈から二丁目、三丁目あたりに滞在しなかったという履歴の記述を見たときには、驚いた。

この時の時代が求めるイメージと彼の長髪長身の外貌が一致したのだろうが、オレは、どこかにそういう「中心」の存在がいて、自分はそこから遠い周縁をむなしく彷徨《ほうこう》しているというような焦慮を感じていたんだが、そのときオレが追い求めていた「カリスマ」の幻影の正体は、たったの一週間、新宿に滞在した外来者だったというんだ。

「中心」も「周縁」もなかった。でも、この夏の高揚がオレの身体の一部に入り込んで、いまも消えていないことは言っておかないといけない。当時のグループ・サウンズにザ・カーナビーツというグループがあった。そのヒット曲で、ボーカルのドラマーが絶叫する「好きさ好きさ好きさ」「お前のすうべえてえ」という調べ。それは、六七年夏の熱気とともに、いまもオレの身体から離れていない。

その頃、東大でフーテンにかぶれていた学生はそんなに多くなかった。一人、よく新宿でも駒場でも見かける学生がいた。名前はもうおぼつかない。長髪で髪が腰の近くまできていた。彼がある日、駒場のキャンパスを完全にラリって、よろよろと歩いていた。他の学生が、一斉に彼を避けて逃げるようにしていた。それからしばらくして、「フーテン」の熱気は潮が引くように冷めていった。

その頃、オレが高校以来、どうも大学とか社会をナメていたらしいのはたしかだ。先の小説をめぐる編集者氏からの呼びかけの話もそうだが、その頃、出席不足でもう一学期、取らなくてはならなくなった体育の授業で、皆がバレーボールをやっているのを体調不良を申し立てて休んでいたオレが、タバコを吸いながらそれを見学したところ、激怒した体育教師に、お前はどういうつもりだ！　とドヤされたのも、そんなオレの態度をよく示しているだろう。一方で文学、他方で風俗、文化の熱気。時代も社会も混乱していたが、オレも十分に軽薄に混乱していたわけだ。

そしてそこに、突然、一〇月八日、羽田闘争がやってくる。

Ⅱ　1967～69

#6　一九六七年一〇月八日

いまでもオレには、「フーテンの夏」の一九六七年と「一〇・八」の一九六七年がほんの数ヶ月の間隔で隣接しているということが信じられない。

何だか、黙っていると「フーテン」は六六年で、「一〇・八」は六八年のような気がしてしまう。でも、両方がこの年に起こっている。いまの人には何の話か、ピンと来ないだろうけれど、この六六年、六七年、六八年の一年ごとの展開というのは、何か信じられない「力」に動かされていたという気がする。

その「力」の擡頭《たいとう》の一翼を、明らかにベビーブーマーの世代が、世界的に代行・代表していた。

一〇・八の前日、一九六七年一〇月七日のことはよくおぼえている。その頃、オレが属していた文学集団のスタンスというのは、集団のなかで社青同解放派に近い『駒場新聞』の編集部の周辺にいたムネチカくんをもってしても、いまから見れば、高踏的というか、独善的というか、政治的感覚の鈍いものだったと言わざるをえない。何しろ、学内の当時現れつつあった新左翼に革マル、中核、社青同解放派、共産同（ブント）、フロントなど各種あるうえ、これらが一致して日本共産党の下部組織である日本民主青年同盟略称民青と対立しつつ、それぞれが内紛を抱えている現状があった。そのときも、なんだか内ゲバまではいかないが、内部対立が起こっていたんだろう。

この対立騒ぎに対し、中の何人かが呼びかけて、文学集団として、アッピールの立て看板（立て看）を出すことになったんだが、そこに選ばれ、麗々しく書き出されたのは「季節の上に死滅する人々からは遠く離れて」というランボオの『地獄の季節』のなかの一節だった。

原文では、小林秀雄訳で、この前は、こうなっている。

「もう秋か。――それにしても、何故に、永遠の太陽を惜むのか、俺たちはきよらかな光の発見に心ざす身ではないのか、――季節の上に死滅する人々からは遠く離れて」

つまり、政治セクトに対し、自分たちは「季節の上に死滅する」問題からは遠く離れて永遠の「きよらかな光の発見に心ざす」ゾ、というわけだ。でも、いまから見ると、だいぶノーテンキでもあればノンキでもある、文学至上主義だといわれても仕方がない。

で、オレはどうかというと、ある日、構内に入ったら、立て看が一つもない。そんな光景というか、パフォーマンスを行ったほうが、学生の意識をゆさぶるのには効果的。誰も、立て看なぞ見ないよ、というようなことを考えていた。これも、気持ちはわからなくはないが、まあ、気楽な妄想といえばそんなものだったのさ。

このときの文学集団も、オレも、まあ、意識から言ったらノンポリ学生、つまり政治的無関心派だった。

だから、一〇月七日の午後、オレが駒場の正門を出ようとすると、同じクラスで社青同解放派の活動家になっていた同級生が寄ってきて、明日のデモに参加しないか、と言ったときには、いやいや、いいよ、とオレはにべもなかった。同級生は、いや、明日は違うんだ、これまでとは大違いだ、特別なんだ、佐藤のベトナム訪問を羽田で実力阻止するんだ、と強調したのだが、それもいつものことなんだろうと思って、オレは冷淡にこれを受け流し、彼と別れて帰途についた。

この頃というのは、ベトナム戦争がたけなわで、日本は北爆を開始した米軍を軍事基地、野戦病院の提供など、平和憲法などそっちのけで、色んな仕方でせっせと後方支援していた。一方、アメリカの戦争が硬直した反共主義に立つ大義のない不正義の戦争であることも誰の目にも明らかだった。米本国でも若者たちによる反戦運動が高まっていた。そんな時期、佐藤首相の東南アジア諸国、とりわけベトナムへの訪問はこのベトナム戦争への加担を強化するものと受け取られた。新左翼の諸派はこれを実力阻止しようというのだった。

だから翌日八日の夕刊だったか、それとも翌々日九日の朝刊だったか。一面に大きく羽田空港近くの弁天橋付近で機動隊の装甲車から黒煙がたちのぼる航空写真が載り、京都大の学生山崎博昭くんが死んだという記事を見た時の衝撃は大きかった。

いまからは想像がつかないくらい、大きかったんだが、そのことは、そのほんの二ヶ月前、オレが新宿東口の「フーテン」だったことを思えば、合点が行く気がする。

＊

オレはそれまで徹底的に非政治的な人間だった。社会が、文化が、風俗が、オレのまわりでは徹底的に非政治的だったんだ。何しろ一九六七年といえばまだ新宿の西口でのティーチインこそはじまってはいないもののべ平連の運動も始まっていた。でもオレはそういうものにはまったく関心がなかった。べ平連はこの年の四月に「殺すな」という岡本太郎の書を掲載した反戦広告を米紙の『ワシントン・ポスト』に載せている。オレもその報道を見かけたが、そのときオレは文学青年でしかも新宿東口の「フーテン」だったというわけだ。

べ平連と全共闘の関係は、こう見ると、わかりやすいかもしれない。

オレの場合なんだが、オレは徹底して非政治的な人間だった。それが急に政治にめざめた。というわけは、リベラルな民主主義的な気分がオレを動かしたというよりはあのべビーブーマー世代としての「わけのわからない」年長の世代、既成社会への反感と自分たちへの全能感が、この反体制運動、社会変革への機運と突然合流したということだった。

べ平連という運動は、鶴見俊輔や高畠通敏《たかばたけみちとし》といったリベラルな思想家、学者たちが小説家の小田実《まこと》を担ぎ出してはじめた運動ってことになっている。でも全共闘のほうには、年長者はいない。完全に学生主体の野放図な運動だった。そこに可能性も限界も、栄光と悲惨も全部あった。ま、限界と悲惨のほうが圧倒的に大きかっただろうけどね。

全共闘、新左翼の運動に流れた学生の先端部分の多くは、でももう一方の年長者の思想家である吉本隆明の信者だった、あるいはその後、その信奉者になっているじゃないかという指摘もあるかもしれない。あるいは新左翼のセクトに入った連中は、今度はセクトの論理でその年長者をトップに掲げた位階制秩序のなかで動き始めるじゃないかという指摘もあるだろう。

しかしオレの場合をいえば、大学に入った一九六六年春というのは吉本隆明の『言語にとって美とはなにか』という思想書が出た次の年で、キャンパスでちょっとものわかった学生はヨシモトの『言語美』、ゲンゴビ、と言い交わしていた。しかしオレは、フランス現代文学派で『テル・ケル』なんていう当時最先端のフランスのグループの存在だって知識としては手にしている。そのため、軽薄なことでもあるんだが、ヨシモトって何だかダサい、とむろんそういう表現でではなかったが、そう思っていた。まったく関心がなかった。

それまで年長の文学者でオレが信奉していたのは、小説家の大江健三郎、批評家の小林秀雄だよ。両方共東大文学部の仏文科卒業、オレは、最終的には、オオエを慕って、東大の仏文に方向づけされた、そして入学後、コバヤシを知ったってわけだ。

でも、それからしばらくしてオオエは、新聞に、全共闘などの暴力学生と自分の関係をどこかで、そうした学生の一人に、路上で通りすがりに投石用の石塊を渡されたら、自分はそれで自分の頭を打つ、みたいなことを書いて、暴力学生と自分との距離を明らかにする。

コバヤシはコバヤシで、新年の新聞への寄稿で、最近の左翼学生の愚かな運動、みたいな冷淡なことを書く。それはコバヤシのことをしっかり読んでいたら当然のことだったんだが——この頃コバヤシは講演などしてむしろ右派の学生組織に肩入れしている——、そんなこともつゆ知らず、ランボオ『地獄の季節』や初期エッセイだけを中心にコバヤシに入れ込んでいた若いオレに、その発言は大いに面食らうものだった。

これからはオオエともコバヤシとも違う道を歩むんだ、ということを、心細さも少しは混じえながら思ったことをおぼえている。

＊

ところで、調べてみると六七年秋、この頃オレははじめて吉本隆明さんの講演を聞いている。ムネチカくんがかなり吉本に傾倒していて東大の三鷹寮で行われた吉本の講演に連れて行ってくれた。はじめて聞くヨシモトさんの話は刺激的だった。夏目漱石に関し、なにか人は二五時間目というものを持たなければいけない、という話をした。しかしもっと驚かされたのは、講演が終わり、質疑になって多くの質問があいつぎ、その応答に時間を取られたとき、彼が、主催者が送迎用に用意したタクシーを一時間以上待たせ、急ぐ素振りも見せずにいつまでも学生の相手をしたことだ。真っ先に質問の火蓋を切ったのはムネチカくんで「テロリズムについてどう思うか?」といかにも彼らしいケレン味たっぷりな問いかけをした。吉本さんの答えは、忘れたが、落ち着いた、過不足のないもので、なかなかの人物だなとオレは思った。

あとでは、この吉本さんも全共闘を批判する。その意味で全共闘の運動というのは本当に年長者を上に戴《いただ》かない運動だった。そういうものとして、当事者、少なくともオレには、大きな意味をもっていた。そこがべ平連とは大きく違うところだったんだ。

＊

むろん一〇・八の羽田闘争の報道があったときにはそんなことを考えたわけじゃない。そしてオレはほとんど震撼《しんかん》された。何か自分の探していたものが、ここに露頭している気がした。そういう思いを味わった若い人間はほかにもたくさんいたんじゃないだろうか。

その一ヶ月後に駒場では駒場祭があった。オレは、ムネチカくんの尻について少しだけ政治色のある駒場新聞の編集部などを覗いていた。その頃は、学内の雰囲気も自由闊達《かったつ》で、知らない顔が部室の中にあっても誰も気にしない。室内と路上がつながっていた。

で、駒場祭の準備が始まったんだが、そこに学外のセクトの部隊がひそかに入り込んでいた。佐藤首相は再び今度は米本国を訪問しようとしていた。これもベトナム戦争への加担をさらに強化するための渡米であることが明らかで、新左翼各派は、次の目標、駒場祭と重なる日程の一一・一二の佐藤訪米阻止闘争に向けて、いろんな準備を警察の目が届きにくい駒場で行うという作戦に出ていたわけだ。

むろんオレはそんなことは知らない。

一一月一一日の午後、オレは駒場新聞の編集部の部室でムネチカくんたちが麻雀をするのをまわりに立って見ていた。

おとなしくその麻雀をほかの五〜六名と見ているわきに、部室にはほかにも何人か仕事をしている学生がいたが、すると、そこに、いま首相官邸近くでエスペランチストの老人が焼身自殺をはかったという報道がもたらされた。これもオレたちには極めてショッキングな知らせでね。すぐに麻雀は取りやめになった。みんな深刻な様子になって続報を待ったがやがてその老人、由比《ゆい》忠之進さんが重篤だ、亡くなるかもしれないという知らせが続いた。それからしばらくして、オレはモノの運搬の手伝いを依頼される。四～五人が動員されて何もわからないまま、言われるとおりについていくと、大学の裏手の門を出てしばらく行ったところに材木店がある。そこで角材とベニヤを買った。その時点でもノーテンキなオレにはこれを駒場祭の展示の資材などに使うんだろうなくらいの頭しかない。みんなでエッサホイサと運んでいったのさ。

しかしさすがに夕暮れにもなり、普通の学生が消えると、これまで目につかなかった別種の学生たちがたくさんいるのが目につくようになる。みんなヘルメットをかぶっている。オレなんかにもヘルメットが支給される。咄嗟《とっさ》にこれは話が違うって気がしたんで、オレはアパートに帰ることにしたが、そこでもう、オレ自身の気持ちが、以前とは違っていたんだね。

明日、朝、早く来るよ。何時？

みたいなことをオレは尋ねた。それからアパートに帰った。えっ、下宿じゃないのかって？　そう、オレはもうその頃は、兄が就職したこともあって家からの仕送りが増え、中央線の阿佐ヶ谷の六畳にキッチンのついたアパートに移っていたんだ。

その夜は準備に大変だった記憶があるが、とにかく、しっかりと朝の駒場からのデモ隊の「出陣」には間に合う時間に着いた。でもはじめてなので戸惑うことばかりだった。

＊

よく覚えているのは、例のフルモトだ。彼はシンパシーをもつセクトがあって、どこか忘れたが——共産同（ブント）だったろうか——、それでも一匹狼的なところのあるヒトだからいつも一人で行動していた。ムネチカくんともつながりがあり、この日、オレがウブな様子で駒場の構内をウロウロしているのを見かねたんだろう、近くに寄ってきて、はじめてかお前は、といって、オレの近くにいて離れるな、といってくれた。

ただよく見ると、フルモトは地下足袋をはいている。クビには手ぬぐい。その風体があきらかにしっかりした職人のお兄さん風だ。オレはというと、ピクニックか遠足に行くような運動靴にジーパン、上にはジャンパーといった典型的な学生さんのスタイルなので、どうなっているのかと思ったんだが、その違いが、あとでわかる。

それからどこをどう電車を乗り継いで行ったものか。数百人規模で、学生が無賃乗車するんだからね。押し寄せられる電車もたまったものじゃない。マスの勢いで幾つかの駅をなぎ倒してオレたちは、羽田の弁天橋の近くにいた。

問題はそこからだ。道路のむこうには紺色の制服にいくつかきらきらひかる防禦盾《ぼうぎょ》みたいなものも用意した機動隊の隊列が見える。そこでデモの隊列が編成されたんだが、オレは前から五列目くらい。つまり、まわりを見ると、オレのまわりはみんなオレみたいなうぶな様子の学生でみんな不安な様子をしている。そのうち、何人か脇を固めているのが屈強な活動家タイプの学生で、更にその列の外には形だけ抗議の文句を書いたベニヤをいまや取り去って完全にゲバ棒と化した角材をもった遊撃隊ともいうべき一団がいて、これが第一波の攻撃部隊なんだ。

何という号令がかかったのかはおぼえていない。ウォーッみたいな声を上げて機動隊に向かって走っていく。手に持った石を投げるんだが、オレのように運動神経の鈍い男の投げる石はとても機動隊までは届かない。それだけじゃない。後ろを見ると、誰もついてきていない。後の部隊は、元の位置から動かないで、突撃した一〇〇人くらいの集団を真ん中に置いたままだ。そして後方から投石しているんだが、それがオレたちの位置くらいまでしか届かないからオレたちの背中をぶったりする。

それから白兵戦となった。活動家連中は対等に角材で、警棒その他をもつ機動隊とやりあっていた。しかし、やがて機動隊が優勢となり、こちらの隊列は一気に崩れて、みんな逃げ出す羽目になった。

でも、学生時代にその後も数回、羽田に来たが、もっとも羽田空港の飛行場施設まで肉薄できたのがこの初回だったというのは皮肉なことだった。その後は、そのずっと手前で、予備拘束みたいな検束にかかり、数人の刑事からぼこぼこに蹴られるみたいなところで、いつも終わることになるんだよ。

で、逃げにかかると、またどこからともなく現れたフルモトが、オイ、オレについてこい、というのさ。オレは夢中になって彼の後をついていった。この時の機動隊の特徴はね、どこまでも追いかけてくる。とにかくあきらめない。どこまでも追ってくるんだ。怖くなったね。するとフルモトは民家の中にあの地下足袋姿でズカズカと土足で入って、そこを横切って逃げるのさ。オレも真似をして、あ、あ、すみませ〜ん、なんか言いながら、あっけにとられた茶の間の人なんかを尻目に逃げるんだが、さすがに機動隊もそこまでは追ってこない。一度はそうして、機動隊をまくことができた。

それから、しばらく、どこかの倉庫の片隅に隠れていた。サトー・ホーベイ・ソーシというような掛け声が近づいてくる。それがまた聞こえなくなる。また大きくなる。そんな上げ潮時にそこから抜け出し、またデモに合流したが、また、追いかけられた。

その時のことで覚えているのは、フルモトが急に立ち止まり、お前は先に行けといって、振り返ると路上で立ち小便をはじめたことだ。見ると、首には白手ぬぐいをかけて町の職人のお兄さんそのものさ、彼はあっというまに「変身」した。その日はそれきり会わなかったが、後で聞いたら、機動隊員はそのまま彼には注意せずに走りすぎたらしい。

この日は、早朝から走り回ったが、夕暮れ近くになって、みんな疲れて、そこかしこに腰を下ろし、おにぎりなんかを食べたりして、隣り合わせた知らない仲間ともコトバを交わした。

隣り合った男に、オレは親が警官だからね、つかまるとまずいんだ、みたいなことをいうと、あ、オレの親も警察なんだよ、という。左翼のリベラリズム万歳、デモクラシー的心情は当然という風土のなかでだいたい、親の職業が警官であったり自衛隊であったりという学生は、孤立を強いられる。ま、簡単にいうと、若山牧水ではないが、「空の青海のあをにも染まずただよふ」ことになる。だから奇妙に気が合ってね。ほっとしたのをおぼえている。

＊

また、この初回のデモで忘れられないのは、オレたちが三々五々、デモを終えて帰る。その傍らを機動隊の車が帰っていく。このあとは、そういう奇妙な構図が常態化し、それをオレたちも何とも思わなくなるんだが、そのときは違っていたことだ。明らかに逮捕者が乗せられているとわかる車両が来たとき、オレたちは、それを止め、車に棒でなぐりかかり、後ろの扉を開けて中から何人かの逮捕者を救出した。でもそれもオレのオンボロな運動歴の中では唯《ただ》一回の出来事だった。オレにとってのはじめてのデモ参加、一一・一二はビギナーズ・ラックに満ちていたわけだ。
つまりその後もそうだということは、まったく、一度もなかったんだよ。

＊

その後、オレの意識は少しずつ微妙に変わっていった。どこかに政治的関心が生まれたのと、オレの中にもともとあった、『次郎物語』や『あすなろ物語』、ヘッセ『車輪の下』、『デミアン』あたりに培われた半分凡庸で半分生真面目な資質が、オレの気分を変えるのに力を発揮したのだろう。当初のうちこそ、タカノなんかともムネチカくんなんかとも、一緒に四・二八沖縄デー、一〇・二一国際反戦デーなどに参加して騒いでいたが、いつしか、文学集団の仲間との関わりは続きながらも、考え方での離隔の感覚が強まっていった。

オレにとっての新しい時間がはじまろうとしていたんだ。

#7 釜ケ崎

こうして一九六八年四月となる。

オレはめでたく希望していた文学部の仏文科に進学する。しかしどうしたことだろう、自由な駒場から何だかいかめしい本郷の敷地に足を踏み入れたらオレに拒否反応が起こった。歩いている学生――あれは大学院生なのか――の多くがネクタイをしている。ああ、これはダメだ、ここはオレの来るところじゃない、とオレはとたんに感じたんだよ。

それはこんな感じだ。

小さい頃、オレはおぼえているんだが、高校生くらいになったらオトナになるんだろうなあと思った。それが、たまたま高校生になったとき、そのことを思い出して、全然変わらないな、と感じてガッカリした。相変わらずオレはガキのままだったからだ。

で、オレは、しかし大学生ともなれば、自分もいつかは学問とかアカデミアとかのエスタブリッシュメントの世界といおうか、そういう世界の一員になるんだろう、みたいに思い返した。例の、東大語としての「失礼！」なんかは、その最初の訪れだったわけだ。オレが向こう側の世界に抜け出ていくためのものね。とてもオレがそれ以前に口にできるコトバではなかったんだ。

でも、新宿の夏があり、フーテンのオレからは、あの覚えたての「失礼！」の東大語は消えてしまっていた。

で、本郷に来た。オレはあの「失礼！」の行き交う世界、これまでのオレの世界とは異質の世界がここにはあるはずと感じていたんだが、実際にそこに立ち入る段になったら、そこに入ろうという意欲がなくなっているどころか、予想もしない身体的拒否反応が起こったんだ。

激しく、これはオレのくるところじゃない、とてもこんなところでは生きられないって思った。で、もう大学の三年目でもあったことだし、兄は就職しているし、幸い現役合格したことでもあるしというので、一度、休学させてくれと山形の家に頼んだ。留年という贅沢《ぜいたく》をさせてくれとお願いしたわけだ。

＊

山形の家では、オレは東大に入って三年目に無事、希望した文学部の仏文科に進学したことがわかっているのである程度、安心している。

また、オレにはこれまでの貯《たくわ》えで家での信頼がある程度、築かれているほか、うちの母はとにかくオレを、信頼している。

だから、このときも、家では、ではそうしなさい、と言ってくれた。

母の信頼ぶりでは、こんなことがあった。つきあってもう二年目になるA子さんの郷里は仙台で、一、二度オレは山形の家にも彼女を連れていった。いま、オレの手元に、このとき、オレともう少し東京にいるために短大から東女の四年制のほうに転学する試験を受けて合格した彼女に、オレの母から出したハガキがある。ついこの間出てきたものだ。それをもう母は死んでいないから、断りようもないんだが、無断で、引いてみる。オレの母上の人柄、オレへの信頼（？）がよく出ている。

豪雪に見舞われた今年の冬でしたが三月の声と共にこの山形にも漸《よう》く春の気配が感じられる様になりました。

この度は東京女子大見事合格なされおめでとうございます。心からおよろこびお祝い申上げます。日頃は典洋事大変お世話様に成りまして有難うございます。我がまゝで不束《ふつつか》者ですが今後共よろしくおつき合の程お願い申上げます。末ながらご両親様によろしくお伝へくださいませ。折がございましたら山形にもお越し下さいませ。お待ち申して居ります。

かしこ

まだこのあとどうなるともわからない関係の、現在二〇歳の息子の恋人に、「我がまゝで不束者ですが今後共よろしく」つきあってくださいませ、と手紙を書く母親は、それほど多くはないのではないだろうか。消印の日付を見ると昭和四三年三月三日だから、このあたりでA子さんも四年制のほうに移る試験に受かっていたんだろう。進んだ先は哲学科で、それはちょっと不気味ではあったんだが。

しかし休学手続きは、進級以前に提出していないと取れないというので、形としては留年となった。

で、オレはどうしたか。

＊

狛江のとき以来の友だち、大阪のナカムラくんが、オレが留年するのを知って、車で大阪まで帰るが、ジブンも一緒に行くかい、と誘ってくれたのがきっかけで、オレは、ふいに思い立ってしばらく大阪に行くことにした。少し前に大学をやめて大阪に移った友だちが釜ヶ崎で労働者の生活をはじめていた。彼の釜ヶ崎のアパートにまずはお世話になろうという安易な算段だった。当時釜ヶ崎は東京の山谷にならぶ大阪の労働者地区として知られていた。しかし、特に釜ヶ崎への思い入れがあったわけではない。そこに「フーテンの夏」以来の友人がいることが、オレを惹きつけたのだった。またそこに、こういうときオレから離れない山形から来た年下の友人もくっついてきた。それで釜ヶ崎の労働者のもとには、二人の寄食者が転がり込むことになった。

大阪に向かったのは四月末のゴールデンウィークの前あたりだったろう。このときはじめて、東名間に立派な高速道路ができていることを知った。日本がオレの知らないうちに別の光景をもつようになっていた。オレに黙ってこんなものをいつの間にか作りやがって！　などと悪態をつきながら、ナカムラくんの運転する車はオレたちを遅滞なく快適に京都まで運び、オレたちはそこで下ろしてもらったあと、一日をすごし、釜ヶ崎に向かった。

先に大阪の釜ヶ崎地区に労働者として暮らしていたのはカツラギくんとフジノさんといい、もとはムネチカくんの友人で、そのそれぞれの同棲相手が同時に上京してきた九州の小中学校以来の友人同士という関係。つまりフジノさんとS子さんが友だちだった。そんなことからオレもカツラギくんとは親しく口をきく仲になっていた。

六七年に出入りした新宿の話は少ししたが、その年、オレたちが駒場からより近い渋谷で主に過ごしたのは、道玄坂を登って右に坂をあがった百軒店近辺の界隈だ。そこには先に述べた「オスカー」のほかに「ブラックホーク」、「サブ」また「ブルーノート」「スウィング」などジャズ喫茶、ロック喫茶が並んでいた。「ムルギー」というカレーの店があり、路地の奥にはクラシックを聞かせる「ライオン」があった。

オレはだいたい「ブラックホーク」の二階にあるジャズ喫茶「サブ」に通った。いつもそのころかかっていたのはリー・モーガンの「ザ・サイドワインダー」という曲だった。その下の「ブラックホーク」でカツラギくんのパートナーのフジノさんは働いていた。会ってほどなく、二人は同棲をはじめていた。

カツラギくんはある出来事をきっかけに、大学に見切りをつけて二人はそのまま釜ヶ崎の一角に低額のアパートの部屋を見つけて、そこに移った。そこで、朝の早くから造船所で働くようになった。

*

なぜ釜ヶ崎か？

別に下降志向、労働者志向をジャズ好きで「フーテンの夏」の住人でもあったカツラギくんがめざしたとは思わない。彼は詩人でもあって、詩の雑誌を友人とやっていた。流れとしてはヒッピー派というか、破天荒な語法でたたきつけるような強烈な詩を書いて、ムネチカくんの詩風に近かった。東京でも注目されていた当時気鋭の大阪の詩人に支路遺《しろい》耕治というカリスマ的な人がいて、『他人の街』という雑誌を主宰していた。この詩人の拠点が大阪だった。そして彼をバックアップしている大阪から出ている詩の雑誌『銀河詩手帖』のオーナー、東淵修《ひがしぶちおさむ》さんの経済拠点、生活拠点が、釜ヶ崎にあったのだ。

このオーナーは、釜ヶ崎に喫茶店のほか何軒か労働者向けの低額アパートを所有していた。カツラギくんはそのツテで釜ヶ崎に移り、仕事も世話してもらって、スムーズに新しい生活をはじめていたのではなかったか。

ところが、生活をはじめて数ヶ月もしないうちに、わけのわからんオレと、またオレにくっついてその頃よく一緒に行動していた山形出身のI太くんが転がり込んできた。何という迷惑な話だろう！

でもフジノさんというのはまためっぽう客を大事にする女性であり、カツラギくんは根っからの善人でもあることから、オレたちは歓迎された。三畳と六畳くらいのアパートに、何日かとめてもらったうえ、最初の夜、鶏をつぶしたというのをまるごと買ってもってきて水炊きをご馳走《ちそう》してくれた。

＊

早朝、四時半くらいだろうか。カツラギくんは起き出して働きに行く。オレたちは九時くらいまで寝ていて、それから、釜ヶ崎の町に出ていってパチンコ屋で玉拾いをして、その拾った玉でなんとか一定の出玉を稼いでそれをタバコに換えるという低劣な生活をはじめた。

驚いたのは、道路で「座り大便」をしているおじさんに出会ったこと。「立ち小便」はよく見るけど「座り大便」ははじめてだ、とI太くんと話した。

釜ヶ崎には大きな食堂がその頃あって、たしか「大吉」といった。ダイヨシと読む。そこで食べたことがあったかどうかはおぼえていない。でも、そのあたりで騒動めいたものがあったことはおぼえている。

やがてI太くんは帰り、一人残ることになったオレは近くの低額アパートに三畳の部屋を借りることにした。月額が三千円くらい。その頃、オレは東大学生文化指導会略称東大文指というところが出しているいささかあやしげな月刊の受験生向けの薄い雑誌のアルバイト寄稿者でもあったから、そこに何枚か書くと三千円くらいは原稿料がもらえた。それで家賃はまかなえるだろうと思ったのだ。

それからは、普通の日の午後はオーナー東淵さんのやっている喫茶店「銀河」に居座ってそこで読書したり、昼のライスカレーを注文したり、何かを書いたりした。フジノさんは昼、そこでバイトをしていた。夜になると、カツラギくんのアパートによばれて夕食をご馳走になる。とんだ寄生者ぶりだ。

しかし、そんなオレの寄生生活も突如終わる。

きっかけは、六月の下旬に入ったあたり、この釜ヶ崎に、東京からA子さんがやってきて、オレを連れ帰るといったことだ。数週間で帰るといったきり帰ってこないので業をにやしてやってきたのだった。喫茶店「銀河」の暗がりにいたら、まぶしいドアの外に誰か若い女性が立っていて、それが大阪の友達に会いに来た叔母さんについてきたというA子さんだった。

いつまでいるつもりなの？　と言われてオレは、まあ、もうすぐ金が底をつくかな、なんてお茶を濁したが、結局彼女に促されて帰ることになった。というのも、そのころ、文学部の反日共系の学友会のメンバーからも人づてに連絡が入り、帰ってきてくれと言われていたからだ。六月下旬に予定されるストライキ実行をめぐる学生大会に出席してストライキ決議に投票してもらわなければ困るということだった。

オレも東大で何が起こっているかは新聞などで知っていた。でもそれよりは釜ヶ崎での自分の生活実験のほうに熱中していた。本郷のあの取り澄ました光景よりも、釜ヶ崎の町並みのほうがオレには輝いて見えた。それが、学部生の不当処分撤回を理由に文学部の学生大会でストライキ実行委員会が無期限ストを提起、民青系の旧自治会勢力が反対で動員をかけている。とにかく帰ってきて参加せよ、という話と、A子さんの来訪に驚き、急《きゅう》遽《きょ》、部屋を畳んで東京に帰ることになったわけだ。

＊

本郷は、オレが四月に見たのとはずいぶんと違う雰囲気を漂わせていた。何かが始まろうとしているのがオレにもわかった。

オレは四月に本郷に足を踏み入れて以来、はじめて、本郷の構内に入った。学友会委員というものに名前だけ貸していた関係上、それに出席しないわけにはいかなかったのだ。構内の雰囲気は、騒々しく、誰もがこれまで見たこともないような表情をしていた。文学部の学生大会の議長は不当処分を受けた当の人、仲野雅くんだった。この大会で文学部のストライキ実行委員会は、日共系の民青派の対抗提案を破り、六月二六日、無期限ストライキに入る。この年の二月から医学部ではじまった東大闘争が、いまや全学にひろがろうとしていた。

#8 本郷・六月

さて、ここでオレの話も東大闘争といわれているものと重なる。オレはそれにもろにぶつかった学年、世代に属するからだ。東大闘争とは何か。いまどき、東大闘争とか、全共闘運動とかいっても、そんなことに知識はおろか、関心のある人すら少ないはずだ。それは何だか古色蒼然《そうぜん》として前世紀の遺物めいた響きをもっている。いまのオレ達の生活や現実とは何の関係もないに等しい。そしてそうした過去のできごとがいま、完全に忘れ去られていることには、この「闘争」なるものに関与してきた当事者たちのこのできごとをめぐる話し方、考え方、語り口といったものがあまりに狭小、偏狭だったことも大いに関係がある。

当初、オレは、それをいまのオレの観点から、「あっけらかん」とした視点でさっと描いたら、いまの若い人にもこれがどんなできごとだったのかわかり、ある程度は面白がられるし、そこで起こったことが共有されれば、それは現代人にも有益なことだろう、くらいの気持ちで、このできごとに触れてみようと考えていた。何しろ、これまで六〇年代後半から七〇年代初頭にかけての学生の反乱、学園闘争などについて書かれたものは、小説でもエッセイでも、沈鬱で、情緒的で、くら〜いものが多い。そうでない文体でこのできごとを内側で経験した者の目で描けたらさぞ面白かろうと、明るい気分で思っていたのだ。

しかし、あらかじめ白状しておくと、やってみてオレはこのことが、オレにとってパンドラの箱を開けるのにも似た、過去の冥界めぐりの入口になることに気づいた。思っていたよりも、もっと深く、オレはこの時代のオレ自身の経験に囚《とら》われている、囚われてきたことに気づかされたわけさ。でも、途中で引き返すことはできない。このまま進む。

メンドーな話も出てくるが、できるだけハードボイルドな語調を心がける。まあ、つきあってもらえるとうれしい。

東大闘争について話すにはまずその時代背景についてふれておくのがことの順序だ。オレも多くを忘れていて今回少しベンキョーし直したというのが本当のところ。いまの若い人など、ほとんど何も知らないだろう。

＊

東大闘争は、日大闘争とともに、一九六七年一〇月八日の羽田闘争を一つの起点としてほぼ二年間、日本社会を席巻することになる熱い政治の季節の一大焦点となった。全国の学生たちの反体制運動、反戦運動、反大学守旧体制運動の象徴のような位置に押し上げられたできごとだった。そしてこの学生を中心とした若者の反乱の総体は、広義には新左翼の運動、狭義には全共闘運動などと呼ばれている。

そこで中心となったのが、全学共闘会議という関心のある誰もが出入り自由なこれまでにない運動体だ。新左翼の各組織が厳格な政治党派の組織体を保ち、教義を持ち、党則などを持つなかで、そういうものからまったく自由な運動主体の無党派組織だったことが、この新しい組織体の特徴だ。同じ頃平行して展開されたベ平連（「ベトナムに平和を！市民連合」）との違いは、ベ平連が年長者から専業主婦の女性、子供までを含む自由な組織だったのに比べ、年長者をもたない学生主体の運動体だった点だった。

その後、運動が停滞すると主張が先鋭化し、内閉化していく。それで最後、破綻するんだが、まあ、この動きに歯止めをかけるだけの動きが生まれなかったことがその原因だ。学生主体の運動の弱点が出たといえばいえなくもないが、仕方がなかっただろうとオレは自分に照らして、思っている。

でも、そういうものであることで、このベビーブーマー世代を母体とする学生主体の運動は、パリの六八年五月革命の世代ともヨーロッパの学生運動世代ともアメリカの反戦大学闘争世代とも中国の紅衛兵の運動とも、深く連関していた。その話は、先にした通りだ。では、東大闘争というのは何だったか。まずはこのできごとがどんなふうに起こったかを一瞥《いちべつ》しておこう。

＊

発火点となったのは医学部だ。

その背景は、学生たちにとってまっとうなものであり、闘争のきっかけとなった処分は、あまりに医学部当局の中枢の「人間の質」が劣悪にすぎたことから起こった。

それだけ旧来の大学をささえてきた制度が金属疲労し、ガタがきていたのだ。

戦後の日本の大学の医学部の病根ともいうべきものがそこにはあった。ウェブサイト「クール・スーサン」に拠《よ》ると、日本の医学部では卒業した医学部学生は一年間の実地研修が義務づけられ、研修後に初めて医師国家試験の受験資格が得られるというインターン制度を採用していた。この仮免許のインターンを終え、医師国家試験に合格して初めて医局に入局する。しかし医局に入局しても給料はもらえず、研究と診療にあたることになっていた。

で、実質的にはこのインターン、無給医の期間も、モデルになった米国のそれとは大違いで、研修プログラムがあるわけでなし、研究の公的支援があるわけでなし。日本では実質的に医学教育の名前を借りた、徒弟制度を思わせる医療労働の搾取が行われていた。それが実態だった。一九六〇年代の前半、これに対する見直し要求の動きが無給医たちから起こる。インターン、研修医といってもいまのインターン制度（新医師臨床研修制度）とは大違いだったのだ。

これはオレもにわかベンキョーした結果、知ったことだが、国立大医学部のそれぞれの診療科は教授をトップとした医局によって構成される。大学が給料を支払える有給医には限りがある。管轄する文部省の定める定員は各講座に所属教員が五人（教授1、助教授1、助手3）、附属病院は四人（講師1、助手3）。ところが医局員の数が一〇〇人という大所帯も少なくない。そういうところでは七割から八割が無給医局員なわけだ。

無給医局員は給料をもらえず、逆に研究費を徴収する医局も少なくなかった。彼らの多くはアルバイトをしながら博士論文のために研究しなければならなかった。よほどの好条件にめぐまれないかぎり、過酷なアルバイトをしなければ生活はできない。

当時の文部省の調査では、一九六六年の国立大学病院の無給医局員は約八〇〇〇人、教授から助手までの有給医局員は約四〇〇〇人。私立医大を含めると有給医局員は一万三〇〇〇人、また大学病院で働いている約七割の医師が無給医だった。

なぜこんな惨憺《さんたん》たる現実が放任されているかというと、文部省にこれ以上に有給医局員を増やす予算がなかったからだ。これは実に大きな日本の医学界の構造問題だったのだ。

そういう背景のもと、東大の医学部の学生側が一九六七年一月に自主的に研修のプランを作り、大学側と協約を結ぶ「研修協約」闘争を行い、六一日間のストライキに入る（第一次協約闘争）。全共闘の記録などでは、このときの医学部当局に対しても厳しい評価がなされているが、オレから見ると、それは少し違うと思う。時の吉川春寿学部長をはじめとする医学部教授会が、このとき、ストライキ学生に対し、学内の原則よりも寛大な「全員戒告」という（正規の処分にはない）処置に止《とど》めたのは、無給医、学部学生の抗議には妥当性があるという認識をかなりの教授会のなかのリベラル派のメンバーが、共有していたからだろう。

この学内の原則というのは、矢内原三原則といって、矢内原忠雄が五〇年代、東大総長のときに定めた「ストライキの決議を代議員大会で(一)提出したものは退学、(二)議題として受理した議長は退学、(三)実行した自治会委員長は退学とする」という、いまの目から見たらかなり杓子《しやくし》定規で硬直したものだった。戦前に矢内原はクリスチャンとして国の不正を批判すべきと述べ、東大を辞めさせられている。そういう彼が戦後、東大総長となり、これだけ厳格な三原則を作ったというのは一見、意外に見えるかもしれないが、官憲の圧力に抗するには「毅然《きぜん》とした原則」を対置しなければならないと、考えたのだろう。リベラリズムがいつも寛容の原則と結びつくとは限らない。キリスト教倫理は戦後しばしば体制補完の心情と結びつく。通常、ストライキには矢内原の原則が適用されたから、一九六七年の医学部当局の処分は学内的に見てもかなり寛大なものだったのだ。

しかし、これに大学管理上、懸念を強めた大河内《おおこうち》一男総長と時計台の大学当局が、もっと厳しくやれと「矢内原三原則」を楯に圧力をかける。むろん国に背中を押されてのことで、これが後に全共闘が国大協路線などと呼んで非難する国による大学管理強化の動きだった。その結果、医学部教授会は学部長・評議員を更迭し、こんどは厚生官僚出身の衛生学教授である豊川行平、佐藤栄作首相の主治医である上田英雄という強硬派を新学部長・病院長に選出する。そして、この「タカ派」の執行部が、一九六八年一月、これまでの慣行を無視して、学生の面会・話し合い要求を拒み、一方的な強権的姿勢で臨む。これに対し、学生が反発して、話し合いを求め、一月二九日、無期限ストライキに突入する。そしてこれが、このあと続く東大闘争の発端になるのだ。

＊

豊川、上田という医学部の新執行部コンビは、それでも学生の面会要求を拒んで学内に姿を現さない。ところが、二月一九日、上田病院長が大学の事情に疎い外国人学者を案内してたまたま病院前を通りかかったところ、学生に見つけられ、そこで押し問答となる。

そしてまず、日時を改めて正式な面会を求める学生・研修生と、その場に駆けつけた上田内科の春見医局長との間に「摩擦」が起きる。このとき、春見医局長は手出しをすまいと腕組みをしているのだが、それがかえって災いして押し問答するうち偶然、学生の頬を肘打ちする形となってしまう。

次には、この上田病院長、ここは病室前だから、場所を変えて話そうと言いながら、そのまま逃走して学生との約束の場に現れないものだから、それに怒った学生たちが春見医局長を朝まで軟禁して、謝罪文に署名させた。これが「春見事件」といわれるものの顚末《てんまつ》なのさ。

なんとお粗末で、些細《ささい》な出来事かと思うだろう？　しかし、この結果が大惨事だときている。医学部教授会は何の事情聴取も行わずこの「春見事件」の学生たち一七人に対し四人の退学を含む大量懲戒処分を行うんだ。

これに対し、当然、学生は黙っていない。彼らは不当処分撤回を要求して、三月には医学部中央館を占拠する。

で、案の定、その後、処分された学生の一人がこのとき、九州の久留米を訪れていたことがわかる。医学部の講師二人が現地まで行ってその学生のアリバイを確認し、それを教授会に報告するんだが、余計なことをしたと無視されてしまう。

すべてが、豊川、上田といういいまでは考えられないような既成の権威を振り回す愚か者の登場によって、お粗末至極のかたちではじまるんだが、問題はその暴挙的なふるまいを当時の総長、大学当局が制御できなかったことだ。

＊

この豊川という医学部長のお粗末さは、このあと、六月、新聞記者との問答で、この事実誤認による処分を念頭に

「疑わしきは罰せずとは英国法の常識で、わが東大医学部はそんな法理には支配されん」（趣旨）

と発言した事実によく示されている。この記事が出ると、さすがにこれには新聞研究所の一教官が『東京大学新聞』に投稿してこういう医学部学部長の発言については専門家で

ある法学部の先生方に、いかがなものか発言いただく必要があると提言するのだが、でもこのとき、法学部の教授たち――そこには丸山眞男《まさお》も坂本義和もいた――で、この提言に応《こた》えようとした人間は誰ひとりいなかった。

かくもまあ、このときすでに東大というのが、腐りきっていたわけだ。

＊

医学部の学生と当局の対立は一時、このまま停滞局面に入るが、年度が改まると、今度は六月中旬に、局面打開を意図した医学部の急進派学生たちを中心に、一部学生が自治会の統制を離れて独自に安田講堂を占拠する。これに対し大河内総長は六月一七日、警視庁機動隊を学内に導入し、占拠学生を退去させる（占拠学生はいち早く抜け出していてもぬけの殻だった）。しかしこれが全学の教員、学生から広範な反発を受ける。形勢は変わり、医学部の問題はこれで一挙に全学の問題になってしまうんだ。

というのも、いまからは意外に思われるかもしれないが、日本の大学には戦前期から続く国家による介入弾圧とこれへの抵抗の歴史がある。戦前には東京帝国大学はさしての抵抗を見せていないが京都帝国大学などは一時強力な抵抗を見せていた。そこから生まれたのが、大学の自治、教授会の自治という、もとをただせば西洋伝来の大学自立の伝統だ。

そもそも大学というところは学問をしたい人間、既成の秩序にとらわれず自由検討の精神でことがらの真実、事実を究めたい人間たちが集まってきて切磋琢磨《せっさたくま》しつつ自分の関心を探究する場所だ。権力で人を強制的に動かす国とは相性がよくない。最初の大学は一一世紀にイタリアのボローニャに生まれたが、そもそもはそんな学生集団が母体だったんだ。アメリカのハーバード大学なんかも一六三六年のイギリス植民地時代の創設で、アメリカ建国より古い。オレたちは国よりも先に出来た、何の借りもない、そういう自負がある。

日本の国立大学、とりわけ東大なんかは最初から国のお抱えなんだが、そういう西洋渡来の反権力の気分だけはまだ十分に備えていたわけだ。

それで、いま、関係の年表などを見ると、自治会中央委員会など東大七者連絡協議会というのが呼びかけて、法学部を除く全学部の自治会が六月二〇日には、機動隊導入に抗議する一日ストを行っている。安田講堂前で開かれた抗議集会には駒場からも大挙して学生が押し寄せた結果、約六〇〇〇人が参加した。

＊

六月一七日の機動隊導入を機に、闘争が全学に一気に広まろうとしていた。オレが本郷に足を踏み入れたのは、折しもそういう時期だった。

しかし、先に進む前に、この時期のオレの文学生活がどんなぐあいだったかについて、述べておきたい。

#9　オレの文学生活

この間、オレの例の文学青少年としての生活がどうなっていたかというと、まず文学集団での活動だが、六六年にオレがこのサークルに入って、六七年四月に小説で学内の賞をもらったところまでは話した。

で、芸のない話だが、オレはあの冒頭の誤植のことが気になっていたので、この文学集団の雑誌に、これを直した正式版のこの作品を載せてもらうことにした。そしてこの雑誌は、六七年の一二月に出る。

ところで、この雑誌の刊行では、一つ解決すべき問題があった。先にちょっと触れた本郷の年長の人たちから、いわば編集権を返却してもらうという件が残っていたのだ。先にあげた野口武彦さん、藤井貞和さんといった大学院クラスの人達が立派な『東大文学』という雑誌を出している。しかしお金は駒場から出ているというイレギュラーなあり方を是正する必要があった。

そこでオレたちは、六七年の夏の前あたりだったろうか。これら雲の上の人々に連絡を取って、本郷まで乗り込み、その交渉をした。要は、今後『東大文学』を続けるのなら自分たちの本郷の予算でやってほしい、自分たちは自分たちの予算で自分たちの雑誌を作りたい、と宣言したわけだ。本郷の代表の一人として出てきたのは藤井貞和さんだ。藤井さんはそのままオレたちの申し入れを受け入れてくれた。

でも、由緒ある『東大文学』の看板は引き継げない。そしてそれはオレたちの望むところでもあった。というので、オレたちの出す雑誌は、『第二次東大文学』を名乗ることになった。

その創刊号には、グンジくん、コジマくん、それに後に優れたフランス文学者になるチカダくんなどの作品、詩のほかオレの例の「手帖」が載った。表紙の装丁はコジマくんが担当したが、なかなかしゃれた好感のもてるものだった。

＊

でもいったいいつまでこの雑誌は続いたのか。この雑誌が次の代、つまり第二号まで出たことはわかっている。それがオレの手元にあるからだ。書き手からいったら、オレたちの代というより、第二号のほうがメンツが面白い。このころは、もう学年間に互いに独立心が強くて、オレたちは上下の関係にはならず、別個の集団になっていた。オレたちの代も勝手にはじめた。次の代の連中も予算を使って勝手にやれ、みたいな関係が阿吽《あうん》の呼吸のうちに成立していた。第二号は一九六八年一〇月刊。この号には、小説が、芝山幹郎《みきお》「酸性反応」、平石貴樹「Hello Goodby」（ママ）、藤原利一「ゲーム」、評論として芝山幹郎の「表現の私権（一）」が載った。平石くんはその後、東大の英文学の教師になり、藤原くんは後、藤原伊織の名前で直木賞受賞の小説家として名をあげる。

面白いのは、この『東大文学』というのが一貫して国会図書館に納本されなかったらしいことだ。それでこの本は、いつ終わったのか、確認できない。ちなみにより穏健な駒場の文学研究会は今も続いているし、そこが出している『駒場文学』というのもいまや九〇号を数えて国会図書館に所蔵があるようだ。しかし文学集団から出た雑誌は、『東大文学』も『第二次東大文学』もともに記録がない。でも、そういう雑誌があった。一九六七〜六八年の一場の夢だ。

さて、オレがその賞金としてたしか一万円だったかをもらった学内の賞というのは銀杏並樹賞といって、先には大江健三郎さんも「火山」という作品で受賞している。過去には蓮實《はすみ》重彦さんの名前も見つかるし、一年前の受賞者は川本三郎さんだった。で、オレの翌年の受賞者が前の年次点だったグンジくんと、加えて芝山くんの二人で、そのうち、グンジくんがオレに接触してきた。何人かと一緒に本郷にいったら『第二次東大文学』に代わる新しい同人雑誌をやらないかというのだ。

グンジくんには最初から、フランスの新文学の機運に敏感に反応した「新しい文学」を日本で旗揚げして、世間に打って出ようという気分が濃厚だった。オレは少し逡巡したが、結局、この雑誌に参加することにした。

なぜオレが逡巡したかというと、オレは地方出身者で、どうも友人同士で動く東京出身の人々とはうまくコミュニケーションが取れない。あまり愉快でない経験もいくつかしていた。というのと、これまでの経緯を見てもらえばわかるはずだが、オレには文学で、世間に「売出し」新文学として「受け入れてもらう」という発想がない。そもそも社会などを相手にしているのではダメだ、という気があった。それで新雑誌はどこか中途半端だと思われたのだ。

しかし、ここでも先にした話と同じ感じがオレにくる。エスタブリッシュと非エスタブリッシュの話だ。微妙な膜があって、その膜のこちら側は、山形以来の非エスタブリッシュメントの世界、その向こうがいわばエスタブリッシュメントの世界だ。オレは大きくなれば、その膜を破って、向こう側、エスタブリッシュメントの世界に入って、受け入れられて、「失礼！」などと言いながら洒落たオトナになっていくのかなと思っていたんだが、何だか、もうこの雑誌に関係する六八年のあたりには、気分が変わって、もうこのエスタブリッシュの世界というのに入りたい、という気をなくしていた。それが、本郷の構内に足を踏み入れたときのオレの強烈な拒否反応がオレに教えたことだった。認めてもらうのでも、そこに入るのでもなく、もうそういうところには行きたくない、むしろそんな気分になっていた。それが「新文学」と日本の社会の関係にまで広がってきていた。

事実、その感じは、老年となったいまも消えない。結局、オレの場合、どこまで行ってもこの膜が伸びてきて、向こう側に行けないみたいだ。結局オレはオレのままでね、フランス語をやってその後カナダに三年と少し家族と住んでも、英語をやって九年間大学で英語で授業をしても、外国語に対する不自由感は取れないし、批評の世界で幾つかの仕事をしても、大学に勤めるようになっても、だいたい時の「体制」に抗《あらが》い、たくさんの批判をもらうのが、関の山だった。外国人にごく親しい友人は何人かできた。そのためだけでも英語を五〇代になってからやったのは無駄ではなかった。しかしコスパはけっしてよくなかったというべきだろう。学会には一切属さないからどこでも門外漢。結局どこでも「エスタブリッシュ」の側、既成の権威の側には、いかなかった。また、いけなかった。

その最初の経験が、あの一九六八年四月の本郷構内に立ち入ったときの直感、ここはオレのいる場所じゃない、だったのだ。

結局そのまま、七一歳という年にまでなってしまったわけだが、しかしオレの中の井戸を見下ろすと、五歳くらいからの感情がいまも地続きで真っ直ぐに見下ろせる。どこにも断絶はない。逆からいうと、まったく成長していない。

＊

さて、そういうわけで、オレとしては少し違和感はあったが、でも、この新雑誌の話に乗った。発表誌がなくなるのは、避けたかったからだ。新雑誌は『変蝕』というタイトルでだいたいグンジくん、ハヤシくん主導で編集された。オレとかオレの信頼する文学的友人チカダくんとかはどちらかというとお客さん的な存在だった。

『変蝕』第一号は一九六八年四月に出た。特集は、日本に訳されてまもないフランスの新文学の作品「フィリップ・ソレルス『ドラマ』をめぐって」で、小説の訳者岩崎力《つとむ》さんを囲んだ話し合いをもとに、岩崎さんのエッセイを先頭に同人各人がそれぞれにエッセイを寄せている。

話し合いでは原文を読んでいないオレがこの個所は誤訳ではないかなどと生意気な指摘をして岩崎さんがその場で原文にあたった結果、その通りだったこともあり、岩崎さんの信用をえた。オレはそこに「ソレルスに関しての試み」という断章ふうのエッセイを書いた。冒頭の一文は、「ぼくはわたしではない」という。すぐにわかるように、とにかくこの頃、オレは少し理屈っぽいフランス文学派だったわけだ。

六八年一〇月に出た第二号に載ったグンジくんの新文学宣言ともいうべき「ぼくたちにとっての新しい文学」という小文は、彼の狙いどおり『文學界』の同人雑誌評にとりあげられた。でもオレはあんまり同じ気分にはなれなかった。だいたい、人とつるんでやることに「オレは違う!」というのが文学だというのが、オレの気分だったのだ。

グンジくんは、その後、東大での「闘争」が過熱すると、急速に政治意識を高めて、もともと事務管理能力に秀でたところがあることからたちまちある新左翼セクトの幹部にまでなってしまう。その後、学者になり、日本文化関係の国の研究センターで辣腕をふるった。やはり気風の違いから、あとで彼とは衝突するんだが、オレもいくつかの仕事を彼としている。『早稲田文学』に「『アメリカ』の影」という文芸評論を載せられたのも編集委員の彼が推輓《すいばん》してくれたからで、彼にはだいぶ世話になった。そのことは彼に大変感謝している。

で、このときも、彼が政治的に先鋭化していく過程で、フランス現代思想・文学グループの雑誌『テル・ケル』の輪読会、ヘーゲル『精神現象学』の読書会など、難解な著作に取り組む機会が組織され、オレも何回か参加した。しかし、後には足が遠のいてしまった。

というのも、例をあげれば、チューターなしに『精神現象学』はやれない、というのが、後にチューターについてもらってこの本を二年間にわたり、読んでみたオレの感想だ。誰一人何もわかっていない学生が集まり、群盲象を撫《な》でるようにして難解な本を読むとどうなるか。わからないと、象はますます巨大に思えてくる。ちょっとした片言隻句《へんげんせっく》に思い入れして深淵《しんえん》に受け取ってしまう。オレは自分の失敗を含めてそういう例をいくらも見てきた。いまも哲学思想の世界にそういう悪癖の例がたくさんある。その後、文芸評論から哲学に転じた竹田青嗣《せいじ》と社会学から哲学に進んだ西研をチューターに、オレはこの本の講読をお願いしたことがあるが、彼らはドイツ語の原著、英語の訳なども参照してこの大著をもう四～五回は読んでいた。だから、ここはヘーゲルの書き方がよくない。ほんとうは、こう言いたかったところがこんな表現になっている、みたいな話し方をする。このヘーゲルの『精神現象学』もハイデガーの『存在と時間』も、書き手にとっては処女作、一冊目の本だ。だからいずれのばあいも、つい多くを詰め込みすぎて、わかりにくいものになっているというのだ。

でも、このときはそんなことはわからない。オレはすっかり、難解な哲学書に取りついて一知半解な連中がその本の角で相手の頭をコツンと叩《たた》きあうような図がイヤになってしまった。それでそういう世界から足を洗った。おかげで、ヘーゲルにもハイデガーにもだいぶ年をとってから入門することになった。

総じて、この新雑誌でのつきあいは、オレにはあまり実り多いものではなかった。

この新雑誌は足掛け八年続き、その間に六号を出した。最初の三号はオレが学生のときに、残りの三号はオレが就職してから出た。そこにオレは、三回顔を出し、エッセイを三つと小説を一つ発表している。

＊

オレが発表した小説は六八年一〇月刊行の第二号に載った「男友達」という二〇〇枚超のもの、またエッセイは、第二号の「〈意識と感受について〉前書き」というソレルスに関する前号掲載のエッセイの続編、そして七年後、七五年一二月に出た第六号掲載の「初期詩篇の黄昏」と題する中原中也論だった。そこに載せた「男友達」という小説が、オレが本郷の構内に入ってその年は大学を休学にすることにし、釜ヶ崎からかえってきたあと、阿佐ヶ谷のアパートで書きつぐことになった小説だ。しかし、その後、オレは大学に戻る。大学当局によってではなく、文学部の無期限ストライキ決議をめぐる学生大会の動きのなかで。そしてオレの読むもの、書くものにも変化が生まれる。六八年当時の最新流行のフランス新文学の論から七五年の誰から見ても古めかしい中原中也をめぐる論へ。何と大きな違いだろう。そこに何があったのか。そこにオレの、天から落下する流星の軌跡みたいなものが、よく現れている。

東大闘争はオレをたいそう動かした。しかしもっと直接、オレに働きかけたのは、オレにも予想外だったが、文学部での小さな闘いのほうだった。

#10 本郷・一一月

東大闘争の関係年表を見ると、文学部の無期限ストライキ決議から一週間後、「七月二日には、急進的な反日共系の新左翼各セクト学生ら、二五〇人が安田講堂を再占拠、バリケードで封鎖」とある。これが、オレが東大闘争でこの運動に本格的に参加した最初の機会だ。

どういう経緯でかは忘れたが、停滞した状況をどう打開するか、みたいな議論が山上会議所の一室で行われていた。なぜオレがそこにいたのかもおぼえていない。そこにいたのは記憶では数十人。だからオレたちは乱入した二五〇名のうちの一部だったのだろう。侃々諤々《かんかんがくがく》の議論をしているのを「釜ヶ崎」ボケのオレは後ろの方に腰を下ろして聞いていた。

で、なかなか結論が出ない。そうしたら、窓辺の出窓部分に一人離れて寝そべる格好になっていたアナキストの大学院生が、ボソリと「面白いからやるんだよ」と言った。そしたら、そこで一座がまとまった。なるほど！　面白いからやる。それでいいんだ。さんざん理屈っぽい議論が一時間以上続いたあと、最後、このアナキストの院生の一言で終止符を打ったことは、オレに強い印象を残した。

オレたちはヘルメットにゲバ棒なんかを準備して、安田講堂に入った。細部は忘れているが、無人だったから、侵入は造作がなかった。で、はじめて安田講堂の内部の構造を知った。立派な建物だった、だいぶ古いけどね。それから、覚えているのは地下の食堂みたいなところに入って乱暴狼藉《ろうぜき》を働いたことだ。酒池肉林と言うには酒も肉もなかったが、それにしても弁解の余地のない不法で破廉恥な行動だった。何だかいろんなものを食べた記憶がある。深夜になって、全員お腹をすかせていたんだ。

＊

で、この動きに呼応し、これに新左翼セクトが加わるかたちで、三日後、七月五日、「東大闘争全学共闘会議（東大全共闘）結成（全共闘議長・山本義隆）」と年表には出ている。この日、駒場の教養学部も無期限ストライキに突入している。こうしていわゆる東大の全共闘運動というのははじまるわけだ。

しかし、その渦中にあったといっても知り合いもさしてなく孤立気味だったオレには、安田講堂占拠以後の動きというのは記憶にない。そう、あの「フーテンの夏」の新宿界隈と同じことで、オレはどこかに「中心」があると思って「周縁」をさまよっているんだが、皆目、動きの全貌は見えない。こうして、全体の姿の見えないままに事態は推移していった。

しかし、理由が考えられないわけではない。一つにはオレが文学部の学生で、文学部には文学部闘争、仲野君不当処分撤回要求の闘争という、別の起源をもつ運動があったことだ。

この文学部の不当処分問題は、七月一六日にはじめて全共闘の七項目要求のなかに加えられ、東大闘争全体の問題となるのだが、そもそもその発端のできごとは、前年、一九六七年一〇月に起こっている。そしてできごとの核心も、医学部問題とは一部、分かちがたくつながりながらも、別のところでまったく異質な要素を含んでいた。

そのことが、このあと、東大闘争の中で、この文学部の闘争の問題が奇妙な形で孤立していく原因となる。しかし、とりわけその異質な要素の部分で、このできごとは、オレには他人事とは思えない「近さ」を感じさせることになる。オレはなかなかその異質な部分から離れられなくなる。それがオレを東大闘争全体への関心からやや遠ざけることになるんだ。

しかし、こうしたことを、当時のオレが詳しく把握して正義感に燃えて大学当局に対して怒っていたのかというと、むろん、そんなことはない。

＊

これは後でオレの軽薄さをよく示す挿話としてかつてある新聞の「大学紛争」を回顧する寄稿の短文にも書いたことだが、この頃本郷の構内をデモし、七項目ヨーキュー・カンテーツなんて叫びながら、オレは、あれ、七項目ってなんだっけと思いだそうとした。そしてそのうち四つくらいまでしか出てこないため、自分もつくづくいい加減なヤツだと内心恥ずかしく思った。でも、だからといってそのとき、七項目をベンキョーしたわけじゃない。その後もずっと七つが何だったのか、挙げられたためしがなかった。そんなふうにしてオレは生きてきたというわけだ。

　しかし、いまになって考えてみると、この七項目というのは重大だった。というのも、六八年七月に全共闘が大学側にこの七項目をつきつけると、大学側は、数ヶ月後、最終的に、このうち六項目は呑《の》むという回答をする。一つだけを除いて。すなわち、医学部処分関係とそれに発する闘争をめぐる部分、これは撤回する。もはや医学部の豊川処分というのが筋が悪いのは誰の眼にも明らかだったからだ。しかし、一つだけは撤回しない。それが理由で全共闘は大学側の申し出を拒否することになり、全共闘と大学の対立はずるずると続いていくのだが、その喉に刺さった小骨が、文学部の不当処分撤回要求、つまり仲野雅くんの処分だった。

七項目というのは、一九六八年七月一八日発行の「共闘会議ニュースNO1」に出ている。こうだ。

1　医学部処分撤回
2　機動隊導入を自己批判し、導入声明を撤回せよ
3　青医連を公認し、当局との協約団体として認めよ
4　文学部不当処分撤回
5　一切の捜査協力（証人、証拠）を拒否せよ
6　一月二九日より全学の事態に関する一切の処分は行うな
7　以上を大衆団交の場で文書をもって確約し、責任者は責任を取って辞職せよ

実際、このうちの4を除くすべては、このあと、大学当局による一九六八年の「八・一〇告示」と同日に決定された豊川医学部長、上田病院長の更迭、さらに、一一月一日の総長と全学部長の辞任、豊川医学部長、上田病院長の退官決定によって、実質的に応えられている。こうしたことが、このあと日共系の民青の勢力下にはいった学部自治会・一般学生各団体による七者連絡協議会と大学当局のあいだの協議などを通じて、実現されていく。

そしてそうした動きのなかで、各学部のストライキ終結宣言が出されるようになる。事実、八月三〇日には民青系の学生自治会中央委員会が全共闘の七項目に対し四項目の要求を提案するが、そこにすでに文学部処分撤回の要求は入っていない。そうしたなかで、文学部の処分問題が「異物」として孤立し、残り、あぶりだされてくる。そしてそれが、最後、文学部の無期限ストライキ続行問題として、オレに降りかかってくるんだ。

*

さて、ここで浮かび上がってくるのが、東大闘争全体における文学部処分問題の特異性だ。

その理由は、オレにいわせると、大きく二つある。まず問題の独立性。つまり、文学部の処分のもとになったできごとが、そもそも東大闘争に先立つ一九六七年の「事件」であり、処分だったこと。それが医学部と同じく国大協筋からの圧力の結果、学部当局が過去の慣行を無視する一方的行動に出たことによって起こった問題である点、医学部闘争と同質だ、という観点から、全共闘の七項目要求に入った。そして、そのことはこのできごとの背景を知れば、十分に理にかなったことなのだが、そんな事件の理解をもたない第三者の目には、これは次のように映る。

すなわち、一、こちらは学生一人に対する処分で医学部処分のような大量処分ではない、

二、文学部教授会は「医処分とは異なり、当該学生を呼び出して事情聴取をおこなったから、手続きにも事実認定にも問題はない」と主張している、三、さらに文処分は医処分の全学化以降、遅れて争点化し、六八年夏の段階ではじめて七項目要求に加えられた、これらを勘案すれば、「文処分は、医処分に便乗して、七項目要求に持ち込まれたにすぎず、それ自体としては問題がないのではないか」。

そういう疑念をもってこの文学部の処分を受け止める学生、職員、教員が、全学的に無視できない程度に、広範に存在することになった。

しかし、そこにあるのは、もう一つ、もっと深い医学部問題との根本的な異質性でもあった。それがオレの考えだ。

文学部の不当処分問題とはどのような問題だったか。

それは、オレに言わせるなら、オレが一九六八年四月に本郷に行ったとき、瞬間、ここはオレのいるところじゃない、と感じた違和感、つまりベビーブーマー世代の既成社会に対する拒否感、また全能感と直接に結びついていた。

だから当初、オレはその詳細を知らなかったんだが、これを知るに及んで、これはオレの問題でもある、ととても「身近」に感じることになった。

というのも、これは次のような「事件」であり、それへの「処分」だったからだ。

話が長くなる。申し訳ないが、ここはつきあってもらう。

＊

背景を見ると、これも、国立大学協会略称国大協筋からの大学当局を通じての新たな圧力がこれまでの穏健な学部当局と学生の間の慣行を「生ぬるい」としてやめさせるように働いたことをきっかけに起こっている点、医学部のばあいと同じだ。それが、全共闘がこの問題を同じ病根に発する問題として七項目に加えた理由でもあった。

つまりはこうだ。

文学部の当局と学生のあいだには、戦後から、教授会、以文会（助手会）、学友会（学生自治会）の三者が、学部の運営、特に学生生活に関連の深い事項について協議する機関、文学部協議会略称文協が設置され、ほぼ円滑に運営されていた。

しかし六七年に入ったあたりから、学生ホールの利用等に関し学友会と利用サークル団体の間に党派的対立が起こるようになる。そのため、学友会以外の文学部学生が、この協議会の場に利用サークル団体のオブザーバーとしての参加が認められるようになっていた。ところが、医学部の場合と同じく総長、時計台当局からの管理強化のプレッシャーがかかり、文学部当局は六七年五月、一方的にオブザーバーの排除を決めてそれを学生側に通達する。そしてそれが両者の対立の端緒となる。

発端が医学部とまったく同型なのだ。

文協はいつも二週間に一度、教授会の直前に開かれていた。それで一九六七年一〇月四日も同じく昼に開かれ、紛糾した。もう教授会の始まる時間だというので、参加している教官たちが学生の制止を振り切って今日はこれまでと退場しようとし、日を改めての交渉継続を求める学生と押し問答になった（このあたりも医学部の「春見事件」とそっくりだ）。

このとき、退場を決行しようとした教官らのうち、築島裕助教授と一学生のあいだで「摩擦」が起こる。

教授会の述べるところによると、「そして教授会側委員が……退席しようとしたところ、一学生が、退席する一教官のネクタイをつかみ、罵詈雑言《ばりぞうごん》をあびせるという非礼な行為を行なった」（「文学部の学生処分について」文学部教授会、一九六八年一〇月二八日、『東大弘報』の『資料』第三号、東大問題資料2所収、後掲の折原浩『東大闘争総括』二〇一九年、一九一頁）。

それで教授会は事実を確認のうえ、この学生、仲野雅くんを「学生の本分にもとる」として無期停学処分とした。

しかし、ここでも問題は、これが学生側の主張と食い違いを見せていたことだ。学生側の主張では、「その際（退場を強行しようとした際——引用者注）、教授会側委員のうち築島教官は、入口に立っていた学友の内、仲野君に手をかけ、自分と一緒に外へ引きずり出すといった暴挙もおこなった」。「仲野君は当然にも、こうした退場が全く不当なものであることに抗議すると共に、特に築島教官が個人的に加えた暴力的行為に対する自己批判を要求した。しかし、学部側はこれにいっさい応えずに退場していったのである」(『東大闘争勝利のために』一九六八年八月一五日、同前一八七〜一八八頁)。

しかし、よく読むとわかるように、双方の説明にそれぞれ不明な個所がある。というのは他の説明なども参考にすると、このとき、教授会側委員はまず築島助教授を先頭に複数名が入口にいた学生の輪から抜け出して外に出ている。だから築島助教授は当初、もう入口の外、学生の輪の外にいたことになる。ではなぜ学生の輪のうちの一人、仲野くんが文学部教授会の指摘するように、特に複数名のうち、築島助教授の「ネクタイをつかみ、罵詈雑言をあびせる」挙に出ているのか。その位置関係、動態(行為連関)はどうなっているのか、教授会側の説明では、ここのところがよくわからない。

学生側の説明でも、ここのところは、築島助教授が「入口に立っていた学友の内、仲野君に手をかけ、自分と一緒に外へ引きずり出すといった暴挙もおこなった」というところ、「手をかけ、自分と一緒に外へ引きずり出す」というのは、このばあい、どう考えても合理的な行動ではない。自分が退場したいだけなのだから、築島さんは仲野くんを横にどかし、自分は先に出ていけばそれですむ。わざわざ仲野くんを「自分と一緒に外へ」引きずり出すなんてことは、怪力の弁慶だってあえてすまい。したがってこの学生側の記述も不自然きわまりない。両者とも事実のツメが甘いのだ。

＊

と、いまオレは偉そうに書いている。でも当時こうしたことを正確には知り得なかったオレが、いま、こういえるのは、こういう分析を現在にいたるまで執拗《しつよう》に克明に行ってきた当時の駒場の教官、社会学者の折原浩さんの本が、今年（二〇一九年）刊行されたからだ（折原浩『東大闘争総括　戦後責任・ヴェーバー研究・現場実践』未來社）。以下（これまでの記述も含め）、文学部処分の詳細にわたる事実の多くは、この折原さんの本に基づくが、この本によると、問題の端緒はなぜ、仲野くんが複数いた教授会側委員のうちとりわけ築島助教授に手をかけ「並はずれて激しい」「非礼な行為」を行ったのか、という点の解明にある。位置関係からいって、両者の当初の距離は遠かったからだ。

で、挙げられている理由の第一は、仲野くんは統合失調症を患っていたのでは（そういう可能性も教授会では指摘された）、第二は、かねてから築島助教授個人に恨みを抱いていた、第三は、実は仲野くんの行為の原因を築島助教授がもたらしていた、つまり先に手をかけたのは築島助教授のほうであった、で、折原さんは、それぞれを検討の結果、もっともありうべき合理的な理由は第三であろうと推測する。そして事実、その推論は正しかったことが立証されるのだ。

なぜ、そういうことが「証明」されるか。

一つは、ここに突然、あの藤井貞和さんが登場するのだが、当時、築島助教授と同じ国文科の大学院生だった藤井さんが、ここで仲間と一緒に、とっても重要な仕事をしている。

これも折原さんの本ではじめて知ったのだが、先の文学部教授会の仲野くん処分に関する正式文書発表からさらに一年の後、一九六九年九月六日に、国文科の大学院生主催で極めて重要な学科集会（国文科追及集会）が開かれている。本郷の学士会館分館を会場に、築島助教授と仲野雅くん、二人の出席を求めた上で、事件以後、はじめての「直接の対質」がおこなわれるのだ。

「対質」というのは法廷用語で「証拠調べをするのに被告人・証人などを相対させて尋問すること」。こういうことを、文学部教授会はやろうともしなかったし、事実、やることができなかった（やれば事実誤認が白日のもとにさらされる）。そして築島助教授からの訴えと、形ばかりの事実検証を行った上で、処分に踏み切った。だから先の一九六八年一〇月二八日の正式文書でも、引用部分の続きはこうなっていた。

（その一学生は）「非礼な行為」を行ったが、「教授会はこの行為の動機に悪意はないと判断し、文協委員長その他の教官を通じ、本人に私的な陳謝を再三うながしたが、本人は説得に応ぜず、遂に処分のやむなきにいたった」。

でも、実際は、次のようだったのさ。

＊

以下が、このときの「対質」の記録として藤井さんが一九六九年一〇月一日付けのビラ「文処分の根本的疑問」に記し、折原教官に寄せた記録だ。

「イ　築島教官ともうひとりとが三重にもなった学生の人垣をかきわけて外に出た。
ロ　やっと外に出て振り返ると、中に同僚の先生方がいられるので引き返した。
ハ　中にいる先生方をたすけ出そうとしてドアのところにいるうしろ向きの学生の背広のそで口をつかんで引っ張った。
ニ　その学生が築島教官の胸もとをつかみ、ネクタイをしめあげて『何をするんだよう』などと暴言をはいた。」

藤井さんはさらに

「築島氏が……この『事実』を語ろうとしたとき、となりにすわっていた秋山教官［当時、文学部国文科主任教授］は、しきりに築島氏の発言をやめさせようとし、ハについては（それは学生をひきずり出すといったかなり乱暴なものらしかった）、秋山教官は『それはマアマアと制止する行為だった、ネ、ネ、築島君』と同意をもとめるしぐさをした」

と書いている（折原前掲書、二四六〜二四七頁）。

藤井さんは、実に大した寄与をしている。

彼はこのとき一介の大学院生だった。それで、折原さんはこの記録だけでは、十分に客観性を保持していないと見る向きもあるだろうからと、さらにこの観点から教授会の責任者の言行の検証へと一歩を進めている。

すなわち、これらをもとに、折原さんは一九六九年の一〇月九日、東大当局が文学部授業再開に向けて機動隊を導入した日、構内にとどまり、加藤一郎総長と堀米庸三文学部長に向けて「文処分の理由とされた学生の行為は、当局側のいう『退席阻止』ではなく、すでに退席・退室していた築島教官の先手にたいする後手の抗議」だった、しかし当局は「先手は隠し」て「事実誤認を温存して再検討を怠り」いまも「事実誤認に固執し」ているると指摘し、総長、学部長にたいし、「この場に出てきて、話し合いに応じてほしい」と呼びかけた。

そして、機動隊の手で外に排除されたあと、『朝日ジャーナル』に「東大文学部問題の真相――なぜ機動隊導入に抗議したか」と題し、これらの「真相」を発表する（一九六九年一〇月二六日号)。すると、これに対し、堀米文学部長が反論を同誌に寄せるのだが(「折原論文に事実の誤り」一一月二日号)、そこで堀米文学部長は、「(一〇月四日事件における)T教官の行為は、N君がT教官につづいて退出しようとした他の教官を阻止しようとした行為に対し、咄嗟にこれを制止すべく、背後からN君の左袖をおさえた「ものであり」」と書く。ここまで読むと、折原さんでなくとも、なあんだ、文学部長も、ということは文学部の教授会も、「どちらが先に手を出したか」という「先手」問題では、とうから築島助教授が最初に手をかけたということはわかっていたんじゃないか、という話になる。

何だよ、いったい、ということだ。

それがわかっていたのに、文学部の教授会は、一九六八年一一月の林健太郎新学部長「監禁事件」での林学部長をはじめとして、誰一人、その「真実」を、認めようとはしなかったのだ。

＊

その代わりに、その行為連関の意味を当事者を呼んで事情聴取することも「対質」を行うこともなく、一方的に築島助教授の行為は「N君の他の教官への退場阻止行動の制止」のための予備拘束行動と解釈し、強弁して、その是非を問わず、もっぱら仲野くんのその行為の「師弟の礼儀」にもとる「非礼」を譴責《けんせき》の対象としようとした。

じじつ、この「事件」を最初に報道した『東京大学新聞』は、一九六七年一二月二二日の時点で、「助教授に対し『ネクタイをつかみ、暴言を吐いた』（学校側発表）との理由で、無期停学処分がだされ」たと報じている。そして処分理由として、上記の行為で「学生の本分に反する行為があったので、学部通則第二十五条の規定」に該当するとの学部の見解を紹介している。また、この時点での学部側は「仲野くんがネクタイを、つかんだことを認めた上で『このような言動が状況の如何《いかん》を問わず許されないことは言をまたない』と述べており、結局、学部側としては、教官と学生とが対等であるという考え方ではなく、教官と学生とは〝師弟〟のモラルで結ばれているのであって、仲野くんの行為は、そのようなモラルの破壊であるとの見解をとっている」と書いた。

教官に向かって「何をするんだよう」と言ってネクタイをつかんだ仲野くんの行為は、たとえそこに事実誤認が含まれているとしても、「状況の如何を問わず」「学生の本分に反する行為」であり、処分に値すると、文学部教授会は考えていたのだ。

＊

最初に手をかけた築島助教授は、その後の自分の行動を隠蔽《いんぺい》したうえで教授会が繰り出す論理とそこから生まれる混乱にたぶん嫌気がさしていたのであり、それが、主任教授の制止をも振り切っての「対質」での「うしろ向きの学生の背広のそで口をつかんで引っ張った」という率直な証言になっているのだが、文学部の教授会からは、一年たっても、二年たっても、そのような率直な発言は出てこなかった。

彼らが学生は「その師弟のモラルの本分を守れ」と考え、それが正しいと思っていたのなら、堂々とそう明言すべきなのだが、文教授会は、そうはせず、六八年九月四日には、事態の鎮静化をめざして、一方的に仲野くんの処分を「解除」した。仲野くんは六月二六日の無期限ストを決めた学生大会の議長をも務めていたから、反省の意思を示しているどころではなく、さらなる大学の規則への違反行為を冒しているわけで、この決定は、例の矢内原三原則（ストを決定した学生大会の議長は退学）をも無視する掟破《おきてやぶ》りの弥縫《びほう》策だった。

以後、文学部教授会は、一一月の林健太郎新学部長「監禁」の八日間の交渉でも事実誤認を認めない。さらに一年後、それでも文学部のみ無期限ストが解除されず、事態が変わらないと見るや、六九年九月二九日には、堀米庸三新学部長のもと、そもそもの「処分を取り消す」ところまで後退する。それでもなおこの間の混乱の責任の所在を明らかにせず、これまでの教授会決定に瑕疵《かし》はないとした点が、卑怯《ひきょう》であった。

九月二九日発行の『学内広報』第四三号に掲載された堀米文学部長名の「紛争の解決に

向けて文学部学生諸君に訴える」なる文章は、「授業再開と正常化に向け、教官―学生間の不信を取り除くため、このさいあえて処分を取り消し、［併せて］教育的処分制度と批判的に訣別《けつべつ》する決意を示す」と述べる一方、仲野くん処分については（今回「批判的に訣別する」ところの）「当時の教育的処分制度に則《のっと》って適切になされ、誤りではなかった」と記す支離滅裂ぶりだった。

*

つまり、文学部の処分問題に底流していたのは、オレに言わせるなら、あのベビーブーマー世代の既成の社会に対する拒否感、年長の世代に対する対等感、それを裏打ちするふてぶてしい全能感であって、それこそ、文学部教授会に最後まで謝罪を思いとどまらせ、かつ全学的に、文学部の処分問題を東大闘争から孤立させた根本の理由だった。要は、文学部の一学生が、「なんだと?」という感じで教官につっかかり、そのネクタイをしめあげた、そのため「非礼な行為」を見咎められ、無期停学となった。それと、正当な無給医・研修医の制度見直し要求運動の中で起こった医学部の事件と処分とは、だいぶ意味が違う、多くの学生、また教師がそう考えたのだ。

ま、文学部のほうは、しょうがないかな、という感じが大学当局はもとより、全共闘内部をすら含め、学内に広く行き渡っていた。そうだったのではないかとオレは思う。

ちなみに大学当局からはじめてこのような医学部処分と文学部処分の「分断」の姿勢が明らかにされた林学部長「監禁」直後の一九六八年一二月二日の加藤一郎総長代行による「学生諸君への提案」には、「文学部処分について」と題し

「この処分は、(医学部処分とは異なり——引用者注) 当時の手続きや基準からみて正当になされたものであり、それを白紙撤回せよとの要求には応ずることができない。われわれは……あらためて十分検討を加えてみたが、他の措置をとるだけの納得できる理由を見出すことはできなかった」

と記された。このとき事実誤認の事実は文学部教授会の責任者たちの一部に共有されたのみで、外部には秘されていたのだろうが、しかし文学部問題の切り離しはこれでほぼ決定的となった観があった。

でも、ここまで読んできてくれた読者はわかってくれるだろうが、オレの感じを言うと、その事実誤認ゆえに、というより、それ以前の、この「なんだと?」が一つ、オレを仲野くんの処分に立ち止まらせた点だった。オレの中にも、この既成の秩序、権威に対する臆することのない「なんだと?」の気分、いってみるなら世代的かつ文明史的な不羈《ふき》の気分があったからだ。

でも、そこまでいうとすると、もう少し正直にいわなければならない。

もし、その気分でオレが統一されていたなら、オレは、東大闘争の生真面目な部分からは離反するにしても、それなりに文学部闘争の本質は、この「新しい不羈の気分」の擁護にある、といえたはずだ。そしてそれは、オレの中ではあの「フーテンの夏」の気分、六八年四月に本郷構内に踏み入ったときに感じた拒否感に、直接つながる主張だったはずだ。

しかし、オレはこのとき、一方で、こう感じながら、全共闘の運動が閉塞傾向を見せ、内向化し、大学解体などを主張するようになると、オレ自身が、どこか「つきつめた」自己否定などという新奇な観念に足をすくわれるようになっていった。お前のなかにエリート意識があるのではないか、その内なる「エリート意識」を否定しなくては、大学解体などおぼつかないのではないか。そういわれると、オレの中でそれにかすかに反応するものがあった。それに呼応してオレの中のあの凡庸な「生真面目さ」がめざめたのだが、その現れは、なかなか始末の悪いものだったのだ。

*

だから、このときのオレにとっての問題は、なぜあの六七年の「フーテンの夏」のサイケな気分から一年後、六八年の秋以降の「大学解体」へ、またそこから六九年一月の安田講堂攻防戦をへて春以降の「自己否定」まで、自分の中に矛盾も違和感も感じることなく、移ることができたのか、ということだ。

そうなる。
たとえばオレは、このとき編集部にいた東大文指の雑誌『αβ』六九年五月号の「東大を揺がした一カ年」という特集に「黙否する午前――《東大闘争》の提起している問題」なるエッセイを書いている。
オレは闘争の「後退局面」にいたって構内で言われはじめるようになった「自己否定」なる言葉にむろん懐疑の目を向けている。なにごとであれ、人々に共有された価値、言説に懐疑の目を向けるのがフランス新文学派の流儀だからだ。オレは書いている。

……自らを否定するというまさにそのことを、ひとはどのように語り得るのか。

自己否定という言葉は、恐らくけっして語られることのない言葉なのだ。それは重苦しい沈黙の深みで静かに揺らいでいる印画紙のように、陽光によって黒化されてしまうふたしかな感知だ。ひとが《自己否定》を語ってしまう時、其処《そこ》にはたしかにひとつの逆転が隠されている。……自らを否定することとは自らを否定しつづけるその内的緊張に耐えつづけることにほかならない。そして、けっして語られることのないそのような内的緊張がどのように告知され得るのか、という考察がぼくたちを沈黙へ

……

と突きうごかすのである。……自己否定の持続が強いるつらい内的緊張と《自己否定》という外在論理の一契機のあいだには、ひとつのあまりに巧妙な擬制のかたちが隠されている。

（『αβ』一九六九年五月号、一六～一七頁）

いやあ、驚くじゃないか。その後、ある新しい価値が語られるたびにそれが「語られる」ことに懐疑の目を向け、自分の立場は明らかにしないまま、それをカッコに入れてそこよりひとつ優位な場所に立とうとする「否定神学」といわれるポストモダン思想の悪癖が時代を席巻するんだが、その原初的な一例がここにあるといってもいいからだ。むろんオレはここで自分は「自己否定」を肯定していると言っている。しかし、同時に、もしそれを本当に生きようとすればこれを闘争のスローガンなどにできるのかと、そのいわば公的な使用について疑義を呈している。そうすることで、本当の「自己否定」は「語りえない」、といって、これを共同的な検討の対象とはできない、といっているわけだ。

そういうことを政治闘争の「後退局面」で問題にすることは問題の所在をあいまいにする、という健全な反対主張が内部から現れるのを、これは事前に阻害しているに等しい。

後にオレは、このときのオレの「自己否定」をめぐる言説によく似た言い方にいくつも出会うことになる。これにオレが「自己肯定」こそが大事だ、「自己中心性」を見失うな、みたいなことをいって集中砲火を浴びるのは、このときのことが苦い反省としてあったからだ。

　愚かな間違いは、一度で十分だからね。

　オレはここでメンドーなことを言っている。「自己否定」などという言葉がそこに出てくるが、オレの中で、あの「フーテンの夏」の気分、年長者や既成社会に対する全能感の気分――不羈の気分――と、この自分の中の東大の学生としてのエリート意識を「否定」するという反・全能感の気分とは、どうつながっていたのか。

　そもそも、本郷の構内でネクタイをしている学生を見て、ああ、ダメだ、と思ったとき、オレがそこに感じていたのは、あの「失礼！」という東大語に代表されるエリート臭だった。そのオレが、自分のエリート意識をわざわざ探し出して「自己否定」するなんて胡乱《うろん》なことを、なぜ生真面目にやろうとしたのだろう？

　オレは踏ん張れなかったのだ。

　大げさにいうなら、オレを動かしている「気分」の文明史的な意義、あるいは人間的な可能性に立ち止まることができなかった。そこでも考えることが浅かった。

　というのも、同じ雑誌の六八年九月号、八ヶ月前の号に、ムネチカくんが「チェ・ワタリ」というヘンテコな筆名で一文を寄稿している。そのタイトルは、「『フーテンに関するエキゾチックな分析』のためのメモ」。「フーテンの夏」から一年がたって、誰もが東大闘争に夢中になっているとき、――この号は八月に出ているから彼はこれを七月に書いている――「二度目の夏がやって来る」と記し、なお彼は、「フーテン」としての自分の場所から動かないで、こう書いていた。

だからフーテン〈民族と国家という二つの幻想をともに排棄した世代的なハイマート・ロス、故郷喪失者〉には朝が無い。意味づけられ、一個の価値、決して自分のものではない価値を与えられた朝は僕達に対立するものでしかない。

新宿角筈《つのはず》の都電通りを白い太陽が照らし始める。店を閉じた地下のゴーゴー喫茶の逆説的な階段をのぼり、発疹《ほっしん》性の地表に現われた脱走者の群は地に横たわる自分自身の影の中から浮び上り、倒立した大都会の蜃気楼《しんきろう》の横着な千本の手もその形を奪うことはできないだろう。

(『$\alpha\beta$』一九六八年九月号、三三五頁)

自分はフーテンの「空白」の場所から動かない。新しい価値に彩られた「朝」は、自分に対立する、といっているのだ。

おぼえているのは、それを読んだとき、オレはなんだか「古い」な、と思ったことだ。

でも、一年前の「フーテンの夏」と医学部の無給医学生の異議申し立てに始まる「正しい」東大闘争のあいだには、いくつもの断絶線が走っていた。「フーテン」はどんな「正しさ」とも相性がよくない。どんなに「正しい」ことに対してもヒトはダレでもいつでも「オレには関係がない」といえる、というのが——いまのオレならそういうだろう——その究極の不羈の精神の表現だからだ。六八年七月の時点で、医学部闘争の「正しさ」に少し醒《さ》めた気分で接していたことでも、六八年一〇月の時点で学内よりは野放図な新宿に可能性を見ていた点でも、六九年五月の時点で「自己否定」などというものに足をとられていない点でも、ムネチカくんのほうが断然外からやってきた「正しさ」にぐらつくオレより、しっかりしていた。

＊

「フーテンの夏」から、東大闘争だ、無期限ストだ、をへて、「自己否定」へ。そこを違和感なく移動したオレは、腰が軽かった。

　さらにオレときたら、それに気づかずさらにたちの悪いフランス新文学的悪癖に手をそめ、その観念性のオールマイティ化に拍車をかけようとしていた。

　ムネチカくんは、その後、大学から足を遠のかせる。土方仕事をして家に仕送りをする。やがてもとヒッピーのままに本郷には進学せず、大学を中退し、先にちょっとふれたが、仙台に行き、大工になる。

そうしたなか、仲野くんの処分問題は、オレにとって中途半端に「フーテンの夏」の気分と東大闘争の「生真面目さ」をかろうじて矛盾少なく結びつける貴重な回路になった観があった。オレが仲野くんの「なんだと？」という気分、そして教員のネクタイをつかみかかる気分に共感したのは、けっしてかりそめのものではなかった。

しかし、それに共感しつつ、オレは同時に、「大学解体」、「全学バリケード封鎖」、「自己否定」と観念化、内向化していく全共闘の方向に、それと対立するものがあるというようには、考えることができなかった。

しかし、ちょっと話が先に行き過ぎた。このあたりで、一九六八年一〇月の時点に戻ろう。

#11 安田講堂攻防戦

東大闘争は、いまの目から振り返ると、一九六八年の六月二六日、文学部が無期限ストに入ったあと、同じ年の一〇月一二日、法学部も無期限ストに舵《かじ》を切って開校以来初の一〇学部「無期限スト」が実現し、一一月一日、東大評議会で大河内一男総長の辞任、紛争の発端となった医学部の豊川行平前医学部長、上田英雄前病院長の教授退官、全一〇学部の学部長全員の辞任が承認されたあたりが、ピークだった。

その一〇日前、一〇月二一日の国際反戦デーには新宿が学生と野次馬の暴動によって市街戦的状況を呈し、騒乱罪が適用される新宿騒乱と呼ばれる事態が起こっている。

このときは新宿駅東口からそれこそ二丁目、三丁目までのひろがりのなかで学生は火炎瓶を投げ、機動隊は催涙弾で応戦するようなプチ市街戦の様相を呈した。オレも火炎瓶なんかを抱え、いろんな路地を駆け巡り、新宿東口の大ガード隣の高い隔壁が多くの群衆の手で引き倒されるのを間近で見た。

この日に関しては、面白い話がある。

後年、オレが九州にいったとき当時福岡の博物館長に収まっていた歴史家の有馬学くんから聞いた話だが、有馬くんたちがこの日、新宿アートシアターの前を移動していたら開館間近の映画館の前に、映画を見ようと若い男が立っている。それがあの橋本治だった。さすが橋本さんだ。オレは、聞いて、咄嗟に平安時代の短歌の天才、藤原定家が一九歳のときに源氏の平家討伐の報を聞いてその日記『明月記』に記した「紅旗征戎《こうきせいじゅう》吾が事に非《あら》ず」というコトバを思い出した。源氏の蜂起とか、一〇・二一とか、そういうことは自分とはまったく関係なし、というわけだ。

えっ？　うん、これは本当のことだった。オレは後でご本人にそのことを確かめた。彼はウフフって肩をすくめて笑っていた。

＊

さて、話を戻すと、六八年一一月、このあたりで、他の九学部と文学部の落差が徐々に目につくようになってくる。大河内執行部が先に夏休み中に提示した「八・一〇告示」で全共闘の七項目要求のうち、文学部の処分撤回を除く六項目について実質的に譲る提案を行ったことは先に述べた通りだが、一一月一日の執行部、全一〇学部学部長の辞任（医学部学部長・病院長は退官）の決定は、それを一方的に実行に移したものと受けとられた。しかし、そこでも文学部の処分は、不問にふされた。

文学部教授会は、先に述べたように夏休み明け直前、九月四日に一方的に仲野くんに対する処分を「解除」していた。実質的に八ヶ月の処分があったという勝手な見方も口にされ、一方的に、これで問題は解決したという態度が取られた。文学部教授会は、改めて全共闘の七項目要求、文学部共闘の処分撤回要求に応える姿勢を、示さなかった。

そこから、以後の、他の学部が「正常化」の道をたどるなか、「無期限スト」態勢を崩さない文学部スト実と学部教授会のあいだの一年に及ぶ――さらにその先にまで続く――対立と混乱が生じてくる。

一一月四日、まだ十分に若い加藤一郎新法学部長が総長事務取扱（代行）に選出される。そして全学的な新しい動き、全共闘運動に対する反動の動向がはっきりと現れだすのだが、この同じ日に、法文二号館で全共闘学生と文学部当局のあいだでの文学部学生仲野くんの処分を巡る「大衆団交」がはじまっている。つまりこのあたりから、東大の医学部を除く他の学部の動きが全体的にどちらかというとピークを超え、下降傾向を示すようになるなか、文学部だけが、この問題が解決されないために本郷で突出した存在になる。孤立も手伝って、文学部だけが、急進化してくるのだ。

＊

この「大衆団交」にはオレも出た。その時の美学科助手の大西廣さんの当局を追い詰める理詰めの迫力には息を呑んだ。

こうして、一一月四日、どうもいい加減なオレはこのとき、それには関係していないんだが、歴史家の林健太郎新文学部長が、岩崎、堀米両評議員とともに学部長室に禁足となる。林文学部長の「不法監禁」は一〇〇時間を超えて教官有志が「基本的人権の重大な侵害。大学を無法地帯とする愚挙」だとの非難声明を出した。なぜか三島由紀夫、阿川弘之などまで大学構内に現れて「緊急の救出の訴え」を出す騒ぎになった。一二日に林文学部長はドクターストップのため一七三時間ぶりに解放。緊急入院する。

鉄道の比喩でいうなら、この六八年一一月の時点で、東大の一〇学部中、文学部の車両だけが切り離され、転轍《てんてつ》されて別のレールに引き入れられることになった。その結果、先の六八年一二月二日の加藤総長代行の「学生諸君への提案」が発表される。その「分離」を決定づけたのが、この林健太郎新学部長の「不法監禁」事件だったのだ。

ここで林新学部長が、いや、仲野くん処分には事実誤認があった。そのことを文学部教授会として謝罪し、処分は取り消す、といえば、この時点で、問題は決着し、七項目要求は全て受け入れられ、文学部の無期限ストも解除されたはずだ。全共闘運動は、この文学部の混迷を一つの呼び水として、以後、大学解体、全学バリケード封鎖へと過激化し観念的な内向性を深めていくが、もし文学部教授会が、事実誤認を認め、謝罪に踏み切っていれば、この全共闘運動の全体が、ここで散文的な現実路線に方向転換せざるをえなかった。観念的な全共闘運動は、何の準備もなかっただけに、一つの試練を受けることになったはずだが、火種がなくなってしまえば、そうならざるをえない。少なくともこれが翌六九年一月一八～一九日の安田講堂攻防戦まで行ってしまうことはなかったろう。

でも、むろん、そういうことはなかった。強硬派の林学部長は、一切、教授会の誤りを認めなかった。「何をするんだよう」といって教官のネクタイを締め上げる学生の不敬の行為を「事情はどうあれ」、認めることは、できなかったのだろう。

その点で、この不当処分とそれとの闘いは、オレにとって、大事な意味をもっていた。なぜ文学部教授会が、ある一点で動かず、全共闘「文学部共闘」側の要求に応えないのか。その理由は当時、不明ながら、その結果、文学部共闘が「無期限ストライキ」を解除しない。そういう関係の構造のなかで、これが解除されないかぎり、オレは授業には出られない。オレには少しずつそんな気がしてきていた。オレはヘンな袋小路に自分を追い込んでいったということができる。

＊

ところで、林学部長が「解放」された一一月一二日、総合図書館前で全共闘と民青の屈強の民主化行動委員会が正面から衝突、全学封鎖を巡り乱闘をした。このときオレは、なぜかこちらの全共闘のデモの隊列のなかにいた。このとき初登場の民青系のゲバルト専門部隊（「あかつき部隊」）というのが超強力で、打力が強いのでびっくりした。たしか手ひどく腰のあたりを蹴られ、そのままへなへなと退散した。全共闘側には怪我《けが》人が多く出た。相手は完全な武闘派の部隊だった。

しかし、このあたりが大学構内でも全共闘運動、学生の反乱の季節のピークで、このあと、全共闘は全学バリケード封鎖、東大解体などいよいよ過激な主張を行うようになり、一般学生の離反を促し、民青の反撃にも乗じられ、後退の一途をたどる。

その一方で日大全共闘とともに全国の大学の全共闘運動の象徴的な役割を担うようになり、学外から他大学の活動家を多く呼び入れることになる。それと平行するように、社会のなかで孤立し、一二月二九日の文部省による東大入試中止発表、一月四日の加藤一郎総長代行による非常事態宣言、一〇日の秩父宮ラグビー場での七学部代表団（民青と一般学生各団体）と大学側の集会における一〇項目確認書作成、一六日の加藤総長代行による機動隊導入要請などをへて、いよいよ六九年一月一八日、一九日の安田講堂攻防戦へと流れ込んでいく。

なお、このときの一〇項目確認書に、文学部の処分は、第二項として、現れている。しかしその内容は、この処分が「旧来の処分制度への反省の契機となったことを認め」、これを「新しい処分観と処分制度のもとで再検討する」とするもので、これは、その後、六九年九月の処分「取り消し」決定時の文学部教授会の立場に踏襲、追認される退嬰《たいえい》的な収拾の論理にほかならなかった。

＊

この間、オレの生活についていうと、阿佐ヶ谷のアパートを改築だかのために出なければならなくなり、六八年の一二月、オレは井の頭線沿線の世田谷松原の、おばあさんが大家さんの家の玄関わきの洋間に下宿することになった。

しかしそこは下宿屋ではなく、おばあさんが、自分の家の一室をはじめて貸してくれたものだった。彼女にとって災難だったのは、時期が悪く、オレがその後、大学構内に泊まり込むことが多くなったことだ。帰ってくると、何人か友人を連れ込み、部屋でごろ寝に及ぶこともままある。ある夜、彼女が闇を透かしてオレの部屋を覗くと男が数人、なかにうら若い女性もいる。おばあさんはオレを完全に暴力学生の一派のメンバーだと思ったんだろう。山形のオレの家に苦情の電話を入れた。生活が乱れている上、若い女まで引き込んでいると。その女性というのは、コジマくんと一緒に泊まった妹さんではないかと思う。そこには何かの理由で仙台から上京していたA子さんの弟もいた。まだ高校生だった彼は、夜、おばあさんがドアを開けて、部屋を覗いたとき、かなり心臓を縮めたらしい。

しかし、オレがこのとき、暴力学生であることは間違いではなかった。一月の安田講堂攻防戦が終わり、数日後、オレが下宿に帰投するのを、彼女は、待ち構え、言下にオレに、すぐに出ていってくれ、と言った。そういうわけでオレは、三月には同じ井の頭線の三鷹台駅近くのキッチン付きのアパートに移るのだが、これから先は後の話になる。

関係年表を見ると、大学では、一月に入ると、駒場でもこれに呼応する動きが起こっていて、一〇日、一〇〇〇人以上逮捕されるのに続き、駒場共闘（駒場の全共闘組織）は一四日、駒場キャンパスの第八本館に籠城。民青、一般学生、教官、機動隊と攻防を続け、この攻防は二一日まで続いたとある。でも、年が明けてからだいたい、文学部の建物に詰めていたオレには、その外側の社会の動き、世間の動きはほとんどわからなかった。

ただ、一月一〇日の秩父宮ラグビー場での民青系、一般学生代表らと大学当局のあいだの一〇項目確認書で、文学部の処分の問題が文教授会の責任回避の方向で「落着」をめざされているのを見て、自分たちの問題が取り残されていることはひしひしと感じていた。

＊

もう東大の入試中止は前年の一二月段階でほぼ決まっていた。これは前代未聞のことだった。この大学がこのあとどうなるか、わからない。オレたちは大学解体を主張しはじめていたわけだが、その後、どういう大学、社会のヴィジョンを描くのか。でもこのときそんなことを考える余裕も、意図もなかった。もうすぐ機動隊が入る、全員逮捕の方針らしい、などという風聞が伝わってくると、文学部の建物からはみるみる学生の数が減っていった。みんな急に用向きを思い出す。そしていなくなる。オレはとにかくしょうがないので、そこに残った。

でも、オレにも弱みはあった。ちょうど父親がこのとき、山形市の警察署長をしていた。

それで暴力学生の取締りの視察というので東京に来ているとき、デモ隊脇の路上で旧知の全国紙の新聞記者に見つかり、自分の息子も「暴力学生」になってしまっていると言ったのだろう。それが全国紙に小さく記事になって載るということが何ヶ月か前にあった。このときは、この記事を見た警察庁長官がどこの警察官かを調べさせたらしく、父のところに連絡が来た。そんな話が耳に入っていたから、オレとしてはどうしても捕まりたくない。捕まれば親が辞めなくてはならない。でも、ここから逃げ出すのはイヤだ。そんな感じでウジウジとそこに居座り続けていたのだった。

そんなある午後、法文二号館の階段を登っていたら、上から降りてきたカトーというオレと同じ姓の高校の先輩が、この人はちょうどこのとき文学部の革マル派の上層にいたんだが——文学部スト実の委員長だった——、オレを認めて、君の親父《おやじ》さんは警察官だったな、つかまるとまずいだろう、と言ってくれた。そして、機動隊は明日入る、明日、本富士署前のレポに加わってくれ、とオレに外に出る配慮をしてくれた。

そのおかげで次の日、オレは、本富士署の前の公衆電話ボックスの前に二、三人の仲間と一緒にいた。そこから、本富士署の動きを逐一、文学部内の連絡係に報告するわけだが、その日の早朝、かなり早く、機動隊が構内に入った。

その知らせが入ると、オレたちは、そこから御茶ノ水駅と聖橋《ひじりばし》下の街路に移動して、そこで機動隊とぶつかった。前年のパリ五月革命の流れで、本郷、御茶ノ水から駿河台下までの学生街をパリのそれに見立てるという無意味なことが行われていた。その結果、いまなお神田カルチェ・ラタン闘争と呼ばれているのがこれだ。だからオレは安田講堂の攻防戦というのは、写真でいくつかと、映像でその一部を見たきり、その全貌を通時的に見たことは一度もない。

二日間のあいだ、どこに寝泊まりしたのかもおぼえていないが、カルチェ・ラタンと呼ばれた御茶ノ水から駿河台下交差点のあたりの一帯で機動隊に石を投げたり、追いかけられたりしていた。

二日にわたる攻防戦が終わっても、すぐには大学構内には寄りつかなかった。その間、記憶が断片的で、多くがもう失われている。覚えているのは、それから数日後、捕まったとばかり思った残留組のうち、一人、二人と知った顔が現れ、大学前の路上でばったり会ったりしたことだ。

一人は、学部図書館の書架の奥に隠れるのに適した空間があり、そこで二晩過ごしてから、出てきたと言っていた。

でも、当時のことを考えると胸が苦しくなる。催涙弾の匂い、立てこもった学生の呼号。オレは人と一緒に肩を組んでワルシャワ労働歌を歌うといった集団行動がとにかく苦手で、インターナショナルなんていうのも、わざとちょっと調子を外してぼそぼそと口にしていたものだ。でも、そんなオレでも、この前後のときのことを考えると、苦しくなる。ニヒルなままではいられなくなるのだ。

＊

代わりに目についたあるよく書けているウェブサイト（「クール・スーサン　戦後史―東大紛争」）から、以下の記述を適宜、引用させてもらう。手軽で安易なところが、ちょうどオレの今の気分に合っている。

……一月一八日早朝、東京大学は安田講堂の封鎖解除のため、警視庁に機動隊の出動を要請。この要請を受けた警視庁は、全学共闘会議派の学生を排除するため、同日朝七時に機動隊八五〇〇人を出動させた。……

警視庁は学生との対決を前に、多重無線指揮車、放水車など三四六台を東大前に集結させ、催涙ガス銃五〇〇丁、装薬包五九一四発、催涙ガス弾一〇五二八発（パウダー弾八七三二発、スモーク弾一七九六発）を用意した。気温は零度。晴れてはいたが、凍《い》てつくような寒い朝であった。マスコミのヘリコプターが上空を何機も飛び回った。

……機動隊は安田講堂の決戦を前に、安田講堂を孤立させるため、バリケードの手薄な別の建物に立てこもる学生の排除を始めた。まず東大紛争の発火点となった医学部中央館に機動隊が入り、投石で抵抗する学生を次々と逮捕した。

次に工学部、法学部、工学部列品館での攻防が始まった。学生たちは構内ベランダから警備車にガソリンをかけ、火のついた紙くずやボロきれを機動隊員の頭上に落とした。中核派が主力だった法学部研究室では一七〇人近くが逮捕された。

屋上の出口近くのマイクロフィルム室には、国際的に貴重な記録資料が多数あったがすべて破壊され、三階三二六号室の加藤総長代行の研究室も破壊され、他の教授の研究室は破壊とともに落書きだらけになっていた。

工学部列品館での攻防が最も激しく、機動隊は法文一号館の屋上から水平撃ちでガス弾を撃ち込み、ヘリコプターからはガス弾が次々に投下された。学生は投石と火炎びんで抵抗したが、激しいガス催涙弾と火炎びんで列品館は炎と煙に包まれた。列品館は一時間の攻防で、学生は棒の先に白いハンカチをつけて陥落した。

本格的な安田講堂攻撃は午後一時から開始された。機動隊は放水を続け、おびただしい催涙ガスが撃ち込まれた。ヘリコプターからの催涙液が籠城者の頭上からかけられたが、学生の抵抗はすざましかった。

機動隊の頭上にはスチールの机やいす、コンクリートの塊、火炎びんが雨のように降り、正面玄関の攻防は機動隊にとって命がけの闘いとなった。火炎びんが投下され、それを放水で消し、火責め水責めの攻防となった。各テレビ局はこの攻防を中継し、テレビの視聴率は九五％と驚異的な数値となった。

機動隊は、安田講堂一階北側の用務員室の窓をたたき割って突破口としたが、ロッカーが三重に重なり、両脇をコンクリートで固めたバリケードは強固だった。二階から上へ行くには機動隊の生命の危険性が高かった。そのため一日目の攻防は、ここで終了した。

二日目の攻防は、翌一九日朝六時半に再開された。学生たちは火炎びんと投石で抵抗したが、機動隊は頑丈な木枠の上に、丸い屋根を付けた投石防止トンネルをつくり、機動隊が次々と安田講堂へ突入した。機動隊は少しずつバリケードをはがし、一二時半に二階の講堂を制圧。……ヘルメット姿の学生たちは大講堂の奥へ逃げ、抵抗せずに横に並んだ。

午後三時には三階大講堂が制圧され、あとは時計台と屋上に立てこもる連中だけとなった。大時計の針が午後五時四五分を指した時、機動隊は安田講堂の屋上に達し、安田講堂は完全に落城した。攻防が開始されてから三四時間四五分、安田講堂の時計台で振られていた赤旗がテレビの画面から消えた。

この紛争で逮捕された学生は一八日の列品館、法研などで二五六人、一九日の安田講堂で三七七人。いずれも公務執行妨害、凶器準備集合、放火、不退去などの罪名であった。この安田講堂で逮捕された三七七人のうち東大生はわずか二〇人だけで、あとは各地から支援にかけつけた外人部隊だった。……両日の衝突で占拠学生のうち重傷者は七六人であったが、その多くは至近距離からのガス弾の水平射撃によるものであった。

安田講堂が陥落する直前に、次のような放送が流れた。「われわれの戦いは勝利だった。全国の学生、市民、労働者のみなさん、われわれの戦いは、決して終わったのではなく、われわれに代わって戦う同志諸君が、再び解放講堂から時計台放送を行う日まで、この放送を中止します」。これは東大医学部全共闘リーダーであった今井澄《きよし》の声であった。……

(https://www.cool-susan.com/2015/10/24/%E6%9D%B1%E5%A4%A7%E7%B4%9B%E4%BA%89/、二〇一九年三月二九日取得)

この今井澄さんは、このあと長野県の病院に勤務、勤務中に刑が確定したため刑務所に入った。ほんらい外科医だが、獄中で内科学を学び、出所後、また長野県の別の病院の院長になり農村老人医療と取り組んだ。その後、国会議員として活躍、のち胃がんのため死去している。

こういう立派な人間が全共闘のメンバー中、何人かいたのは、この運動の誇りというべきだろう。ほかにも山本義隆議長、長谷川宏さんなど、すぐに頭に浮かぶ。何よりその後、自動車整備工場のオヤジになった日大全共闘議長の秋田明大《あけひろ》さんという存在を欠かすことはできない。ほかにもそういう人間は知られていないけれどももっともっと沢山いる。でも、オレの身近に知る連中には、かなりおかしな人々も多かった。そしてその割合に全共闘とそれ以外との違いというのはなかったとも思う。要は、どこの世界も同じということだ。

＊

ところで、下宿を出てくれと言われ、何とか三鷹台のアパートに移った後のオレは、どこか糸の切れた凧《たこ》のような気分だった。これまでは大学で人と会ったり、会合に出たりして、それこそ「団交」に顔を出したりというので時間をすごしていた。しかし、文学部は依然として無期限ストを続けている一方、他のほとんどの学部は「正常化」し、授業を再開している。六九年四月ともなると、駒場からの他学部の進学者も大挙して押し寄せ、学内の雰囲気がガラリと変わった。

新しいアパートでオレがどうしていたか、といえば、つねにオレの近くにはヒヨドリくんという友人がいた。あとはA子さんが相変わらず遊びに来てくれた。

オレは、文学集団以来の友だちタカノや、大阪から戻ってきたカツラギくんなどとも沖縄反戦デーなどの街頭デモに顔を出した。国電の駅で数百人単位で降り、そこでセクトの代表が決意表明みたいな演説をはじめる。そんなものをオレたちは聞いていない。「オイ、ここはやばい、機動隊に挟み撃ちされるゾ」タカノがそんなことを耳打ちしてくると、一足早く、国電のガード近くのハシゴを伝って地上に降りて、大量逮捕からは免れるようにしていた。

＊

九月五日、全国の大学の全共闘が日比谷公園に集合して全国全共闘連合の結成大会を開いた。そのときもオレはタカノと一緒にいた。集まりから離れ、芝生の上に寝転がり、タバコを吸いながら、空を眺めているうち、この全国全共闘連合結成などという大仕掛けのうちに決定的に全共闘運動は、死んだな、という気がした。

全国の七八大学から主催者発表で二六〇〇〇人が集まったといわれたが、実態は各セクトの寄り合いであることが明らかで、この日、議長に内定していた山本義隆さんが会場に入ろうとしたところで逮捕された。

騒がしいので、見ると、異様な集団が数十名いて、他のセクトに長い竹竿《たけざお》のようなもので突っかかっている。ヘルメットに汗に汚れた手ぬぐい。血走った目。それが、オレが赤軍派を目撃した最初だ。実にそのとき、赤軍派という共産同（ブント）の最左派集団が、公然と人のまえに姿を現したのだった。

ただ、そのときの大多数は、二ヶ月後、大菩薩峠で武装訓練中、一網打尽にされる。そうした打撃を受けて、赤軍派は、次の年、三月には日航機よど号ハイジャック事件を起こし、さらに一部が北朝鮮に消えたあと、七月、別の組織と「連合」を組み、連合赤軍が生まれる。

一九六九年九月、全共闘の時代は、大学構内でも、その外でも、はっきりと終わりを告げようとしていた。

Ⅲ　1969～'72

#12　オレの変調

オレにとって、この新しい年度、一九六九年はどんな年だったろう。今思い返してみても不思議なほど、安田講堂攻防戦のあとの数ヶ月の記憶がはっきりしない。例の『$\alpha\beta$』の六八年一二月号にオレは「岸上大作ノオト――ぼく達のためのノオト」なるエッセイを書いている。この文章を書いたときのことはよくおぼえている。岸上大作は一九六〇年の安保闘争時に短歌を書いて、二一歳のとき自殺した学生歌人で、その絶筆が「ぼくのためのノート」といった。

続けて、一九六八年一二月に刊行されたこの雑誌の六九年一月号に、無署名ながら「巻頭言」を執筆しているが、そこにオレは、中国の詩人李賀の「長安に男児有り二十にして心已《すで》に朽つ」（「陳商に贈る」）をあげている。李賀は、早熟の鬼才として知られ、二〇歳で長安に上京し科挙をめざすが、思いもよらず諱《いみな》を理由に受験を拒まれる。この詩は、その自分の姿を歌う。李賀の存在はこの頃、『現代詩手帖』に草森紳一さんが連載していた長大な李賀伝によって当時の文学好きにはよく知られていた。

この句をあげ、こう「後になって李賀が書くとき、わたしたちは其処に魅惑を見出してはならない。或《あ》る情緒、或を（ママ）挫折感を感受してはならない」と書いているものの、いずれもかなりロマン主義的な傾斜がある。このとき、オレは二〇歳。さすがに当時、誰もが口にしていた

「僕は二〇歳だった。それが人の一生でいちばん美しい年齢だなどとだれにも言わせまい」

という『アデン・アラビア』のなかの一句は、気恥ずかしくて書けなかったということだろう。しかし、別の形で、逆説的に、同じロマン主義的な気分を求めていたことがいまならわかる。

そして、この直後に、安田講堂攻防戦となり、それから数ヶ月の記憶が飛んでいるのだ。次にオレの書いたものとして、同じ雑誌に載っているのが先に引いた六九年五月号の「黙否する午前——《東大闘争》の提起している問題」なる文章だ。そこに「自己否定」というコトバについて自己否定する人間は自己否定などと書けない（はずだ）、などとメンドーなことを書きつけたあと、オレの『αβ』への寄稿は、なくなる。きっと何も書けなくなったのだろう。

オレは、この年の三月には世田谷松原のおばあさんの家を引き払い、井の頭公園の近くの三鷹台のアパートに引っ越していた。そのあたりを、A子さんや友だちのヒヨドリくんと、散歩したりしていた。

＊

入試中止の影響で新入生が入ってきていないこともあり、どこかこの年の東大は歯の抜けた口腔といった不全感を漂わせていた。文学部では全共闘系のストライキ実行委員会がなお、教授会と対立を続け、無期限ストライキを続行していた。しかし、学部教授会は仲野くん処分問題は六八年九月の「解除」決定をへてほぼ解決されたとみなし、「正常化」を前提とした動きをはじめていた。そのためだろう。この年、(前年の休学が大学に認められなかったため)四年次に登録されたオレに、卒業論文の指導教官を決めるために登校せよという文学部長からの督促状のハガキが何度も来た。しかし、オレは行かなかったし、その結果として卒業論文の指導教官を誰とも決めなかった。この時点で、大学の学部長の督促に応じることはスト破りに等しい。しかし、その結果、最終的に、オレには卒業論文の指導教官がいないことになった。オレはその後も、指導教官を決めなかったため、曲折をへて、二年後、指導教官なしで卒論を準備し、提出することになる。

しかし、このときのオレを、遠くから見ている人がいたら、不思議に思ったかもしれない。

このあと、オレは二度まで、この大学の大学院の試験を受け、落第する。卒論の題目もこのあと話すように、最初はプルーストで、最後の半年にプルーストからロートレアモンに変え、それを提出している。

しかし、大学院に進学したいというのなら、論理的に考えてみて、どこかで「妥協」することが不可避なのではないだろうか。「妥協」を肯《がえ》んじえないのであれば、大学をやめるか、就職を選ぶか、別の大学の大学院に進む以外に方法はないのではないだろうか。しかし、オレにそういう考えは思い浮かばなかった。

オレはたぶん、大学院に入ったら、そこでも自分なりのやり方で既成のエスタブリッシュメントの人たちとの間に独立した関係を保ちながら、大学院の内外に新たに自分の私淑する先生を見つけられればそうして、自分の運命を切り開くつもりだったのかもしれない。その頃も、大学一年以来の恩師、平井啓之さんとの交流は続いていたから、そういうことが可能だという気がしていたのだろう。だから、とにかくフランス語、英語の実力を高め、大学院の試験に合格するということがオレの目標になった。そうすることが、学部教授会に頭をさげず、はたまた「無期限ストライキ」続行の意思を捨てることもなく、自分の学問的な希望を実現する唯一の道だと思っていたのだ。

オレのその後の知り合いには、事実、そういうことをやった人間がいないわけではない。

宗教人類学者の植島啓司は、オレと同年で、やはり七二年の卒業だが、この間、会ったとき、えっ、オレ？　学部のとき二回逮捕されたけど大学院にいってその後シカゴ大学でミルチャ・エリアーデについたよ、とこともなげにいった。そして、オレが仏文の大学院を二度落ちたといったら、へえ、カトーはベンキョーできねえんだ、と哀れがった。

植島くんだけではない。古い例では、一九六〇年の安保の時期の共産同のイデオローグ姫岡玲治の例がある。姫岡の場合も、安保で一度逮捕されたあと大学院に行き、渡米留学をへて後、著名な経済学者、青木昌彦となっている。

しかし、オレのばあいは、能力不足でそのような道をたどれなかったために、違う問題にぶつかった。それは、妥協するか、当初の考えを貫徹して大学を離れるかのいずれかを取らなければ、先には進めないという問題だった。この「妥協」を「転向」と言い換えてもよい。オレはこの問題に、植島くんのようにも、また、このあとふれる一年下の恩地豊志くんのようにも、答えることができなかったわけだが、そのため、この問題をこのあと、ずうっと自分の問題として抱えていくことになった。言い換えると、これがオレがものを考える際の、一つの容れ物、坩堝《るつぼ》になったのだ。

＊

文学部のストは、東大の学部で最長の期間、一年半続いた、と言われているから、六九年の一二月くらいからは実質的に授業が再開されたのだろう。でも、オレはもうそういう学内の事情には疎かった。去るものは日々に疎しという通り、いったん行くことをやめると、本郷はずいぶんと遠い存在となった。文学部共闘会議はいまや文学部のなかでもそこを押さえる革マル派の勢力に押され、少数派の存在になろうとしていた。ときどきは、その集まりに顔をだすとはいえ、オレは三鷹台のアパートからだんだんに離れられなくなった。

一つには無期限ストライキ中だという理由。しかしそれだけでなく、何か世間一般から自分が遊離、脱落している感覚が生まれようとしていた。そのうち、ますます動きがとれなくなり、六九年は、ほとんど本郷に行かなかった。

定期も六九年の後半には通して買うに及ばずと考え、三鷹台から新宿までの区間だけにして、御茶ノ水まで行くときは不正なキセル乗車で行くことにしていた。しかしさっそく捕まって、御茶ノ水の聖橋付近、バスを待つ列中の、当時の全闘連の中心人物の一人だった背の高い長谷川宏さんのすぐ前を通って駅員に連れられて行った。優れた人に愚かな姿を見られたことが恥ずかしかった。

一度などは、本郷三丁目で降りて、赤門の手前まで舗道を歩いてきたあたりで胃が痛くなってしゃがみ込み、そのまま三鷹台まで帰ったりもした。本郷は、またいつのまにか、オレが六八年四月にそこに立ち入ろうとしたときに感じた場所の感覚を蘇《よみがえ》らせようとしていた。

この年、三鷹台のアパートには、そこから井の頭線で三駅の高井戸に住むヒヨドリくんがしばしば顔を見せた。

このヒヨドリくんは、とても変わったヒトで、オレも、自分が元気なついこのあいだまでは交友があった。東大時代にオレが付き合ったなかでの例外というべきか。大学に入ってまもなく、隣の駒場の文学研究会に所属していて見かけていたが、大学一年の秋、狛江から高井戸に移ったあと、高井戸の駅で偶然出会い、それからよく会って一緒に遊んだ。

会った頃は、それが気に入っているらしく、出身校の駒場東邦高校の紺色のレインコートを大学生になってもしばしば着用していた。学外で高校生に見られるのをよしとする風があった。最初の年は、サークルの他の学生にも敬語を使い、オレに対してもそうしていた。オレを含めて誰もが、彼を新入生の一年生だとばかり思っていたのだが、次の年、姿が見えない。聞くと、本郷に進学して、すでに英文科の学生になっていたのだった。誰もが、ヒヨドリに騙《だま》されたと悔しがったが、あれはどういうつもりだったのか。頭の回転が図抜けて早く、トランプでナポレオンなどやると、だいたいはオレが負けた。日夏耿之介《ひなつこうのすけ》が好みで、中井英夫の『虚無への供物』の登場人物に、彼とよく似た人物が登場してくる。

そのヒヨドリくんがA子さんとも気が合い、だんだんひとづきあいが苦手になってきたオレのもとによく遊びに来てくれたのだった。

その頃は三人で、よく散歩をした。一人でも散歩をしたが、そんなある日、近所の悪ガキにいじめられていた捨て猫を浦島太郎よろしく救助。拾ってきて飼い始めたほか、小さな鉢植えの植物を買ってきてそれに毎日水をやるようになった、そのあたりで、ああ、このままじゃいると、ウツになるな、と気がついた。

だんだん、本を読むことができなくなってきていた。本というものがいやになってきていたといったほうがいい。気づいた頃には、ほとんど何も読めなくなっていた。一年ほど前にA子さんが、中原中也だといって、こんな詩を見せてくれたことがあった。

ゴムマリといふものが、
幼稚園であるとはいへ
幼稚園の中にも亦
色んな童児があらう
金色の、虹の話や

蒼穹《さうきゆう》を歌ふ童児、
金色の虹の話や、
蒼穹を、語る童児、

又、鼻ただれ、眼はトラホーム、
涙する、童児もあらう

（「修羅街挽歌　其の二」、Ⅲ）

この詩が、心に染み渡る気がして、それから中原の詩や散文、日記、書簡などを読むようになっていたのだが、いつのまにか、中原のもの以外、いっさい、活字が読めなくなっていたのだ。

その頃、猫缶というものがあったのかどうか、ネコにはアジの開きを食べさせていた。アジの開きは駅前の店で五〇円。オレが一日にふた箱は消費するタバコ、ハイライトは二〇本で七〇円だった。

七〇年に入ると、オレの生活は、全体がへんな具合になろうとしていた。

＊

オレはもともと、フランスの新文学が好きで日本文学でも大江健三郎のオッカケから入ったということは先に言ったとおりだ。そういうオレだから、太宰治だとか、芥川龍之介だとか、詩人でいったら、中原だとか、朔太郎だとかは、いかにも昔風の文学青年の好む旧套《きゆうとう》なものと思われ、何より唾棄すべき存在と思われた。そのオレが、小林秀雄、富永太郎ならまだわかる、なぜそれこそ古めかしい七五調の詩を作り、それを「うたう」中原中也などにつかまったのか。

不思議に思う人もいるに違いない。でも、フランス現代文学から「フーテンの夏」を通過して一転、「一〇・八」以後の政治の季節に翻弄されてきたオレの目には、フランス現代文学や文学理論を難解に振り回すことも、政治思想やマルクスなどを持ち出したりすることも、大学闘争の意義を云々《うんぬん》することも、何もかもが、ばかばかしい、「失礼！」の東大語につながる、胡乱なものと見えるようになった。何かそういうものに振り回される自分に疲れたというか、自分の身体的な感性がそういうものに一斉に反逆し、拒否反応を示すようになったのだ。オレは零落した、という感覚があった。すると零落していないものが一切、受けつけられなくなってくる。

それはオレのフランス語のベンキョーにも影響した。やることがなくなって、オレは卒論の準備をするかたわら、大学院をめざし、フランス語の勉強をはじめようとしたのだが、フランス語は零落とは無縁なので、なかなか元気が出なかった。

オレがこのとき、卒論に選んでいたのは、プルーストだ。六七年だったと思うが、まだ元気があったころ、オレは夏の終わりの数十日をかけて新潮文庫で一三巻からなるプルーストの『失われた時を求めて』を読み通した。途中、退屈で何度も眠ってしまうということもあったが、たとえばシャルリュス男爵が登場する場面、はっと気づくと、シャルリュスが指二本を差し出している。それに気づいて主人公が急いでその「指」と握手する個所など、いまもありありとおぼえている。ワクワクする場面、巻措《お》く能《あた》わざる個所が少なくなかった。数十日をかけ、最後のページまできた。ゲルマント大公夫人のパーティーで、近視のひどくなった主人公の目に遠くから、初恋の人ジルベルトと戦争で死んだ親友サン＝ルーの娘が近づいてくる。読み終わったときには、自分が水死体になって広くなだらかな砂浜に打ち上げられた気分だった。

オレは、親しい平井啓之さんがプルーストの愛好者でもあることから、話をして、プルーストで卒論を書いてみようと思った。切り口の候補は二つで、一つはプルーストの批評、そしてもう一つはプルーストの母親との関係。『失われた時を求めて』には批評的なものがありながら、そこにいわゆる批評的なものとは異質なものが含まれている。事実彼は『サント＝ブーヴに逆らって』という変わったタイトルの批評の本、ないし反批評の本を書いていて、批評に対し一家言をもっている。サント＝ブーヴというのは当時の大批評家、権威としての古いタイプを代表する批評家だった。

また、彼の母との関係は何冊かの『母への手紙』にまとめられているが、オレは、これも少し読んでみて、何かとても親密なものと不思議な関係性がそこにあるという感じをもった。それで関心をもって、この『母への手紙』というのも辞書を片手に、読んでいた。

それと、受験対策として、ギュスターヴ・ランソンの『フランス文学史』という分厚いフランス語の本を読み出したが、調子が出ない。すぐに本を投げ出すオレの様子を見て、A子さんは、よくそれで東大に受かったわね、とあきれたようにいった。

一種の引きこもりというか、日本語で読めるのは、中原中也の詩と散文、日記、小説などだけ。あとは、元気の出ないフランス語のベンキョー。そんな日々、週に何度か、A子さんが遊びにきて、またヒヨドリくんが顔を出すくらい、という生活が続くなか、オレはだんだん、動きがとれなくなってきた。自分がいよいよ小さくなっていく気がした。

その期に及んでもオレに大学をやめるという選択肢が出てこなかったことは不思議ではない。オレは無期限ストライキをかつてのストライキ実行委員会が解除するなら、すぐにというのではないにしても、頃合いを見計らって授業にまた出ることにしただろう。なぜ無期限ストライキを解除するのだ、などと文学部学友会、スト実に食ってかかったりしなかったことだけはたしかだ。闘争は負けた。だったら必要なのはその「負け」をしっかりと受けとめることなのだが、自分からそう他人に働きかけることもできずに、というより、そのように単純明快に考えることもできないまま、たぶんオレは誰かがそうするのを待っていたというのが正しい。オレは単純明快にもう、考えられなかった。七項目要求貫徹だとか、そういうものから振り落とされた時点で、それをどう受けとめるか、という段になって、理性的に、明快に動くことを阻害したのがあのフランス新文学流の難解話法で、オレはその頃はそういうものの突端で身動きできなくなり、その総体から撤退して、その後零落の一途をたどったのだが、たぶん、このままだと大学を卒業できなくなる、という危機意識が突如オレに生まれたのだ。そうとしか考えられない。

そこで、そのまま、無期限ストライキが正式に終結していないという事実の総体をカッコに入れ、心の奥の箱――パンドラの箱だ――に格納したうえ――なのだろう、だが「臭いものに蓋」という言い方もできる――、火事場のクソ力を発揮するようにして、七〇年四月に入ると、文学部共闘の集まりに顔を出す一方、自分も文学部の授業に出るようになった。

もうその頃には、退学した学生を除けば、大学に残っている全共闘系の学生も、ほぼ全員、授業に参加するようになっていた。

＊

転校生のような気分で、構内に足を踏み入れると、見たことのない元気そうな若い学生たちが小奇麗な服装で数多く法文一号館の前を行き交っている。それはもうオレの知っている混乱時、闘争時の本郷ではなかった。できるだけ闘争前の仏文の教師のものは避けようと思い、オレが仏文関係で取ったのは、新しく教えるようになったフランソワーズ・ブロックというフランス人女性講師の授業二つと、あとは必修の二宮敬《たかし》教授の授業だった。どちらの授業でも、もう教室に知っている顔は誰一人いなかった。みんな生き生きとして笑顔をたたえていた。いったいどこにあの東大闘争なんてものがあったんだろう、という感じだった。

受けた授業のなかでよかったといまも思うのは、ブロックさんの授業だ。

二つ受けたうちの最初の授業は、教材がロラン・バルトの『神話作用』だったが、日本でこのロラン・バルトという人は新しいテクスト論の論者として名高かった。そういう取り上げられ方がもっぱらだった。だがフランスではもうバルトの見方、アプローチの仕方が社会に深く受け入れられていて、ブロックさんはこの本をいわば一般書みたいに扱った。それが新鮮だった。リポートの課題も、日本社会における「神話作用」の実例を取りあげて論じよ、というもので、オレは、なるほど、と思って、リポートを提出した。

次の学期の授業は、仏作文の特殊講義で、受講者は七～八人。それぞれに自分の好きな日本の短編の一部を訳させ、それについて語らせた。オレは、梶井基次郎のごく短い掌編「過古」というのを選んでちょっとフランス語に訳し、そこに出てくる夜の列車の描写について話した。

ところでこのことは別にも書いたことがあるが、このブロックさんの授業では忘れられないことがあった。学生の一人が、ちょうど一年のフランス留学から帰ってきたところだったが、数回授業が進んだあと、挙手して発言を求め、日常会話もまともに話せない学生たちに日本の文学を訳させ、それをたどたどしいフランス語で説明させるのは滑稽だ、もう少し、実際的なフランス語会話、作文からやったらどうか、と提言した。

教室が静まったあと、ブロックさんがこう尋ねた。では言ってご覧なさい、あなたの親しい友達が亡くなったとき、フランス語では何と挨拶しますか。学生が答えに詰まると、そうでしょう。こういうときにどう話すか、というフランス語の言い方は存在しないのです。だから、そういうとき、人は自分の思いを手本のない自分の言葉で話すしかない。そう言った。ここは大学ですから、語学の授業はやりませんよ。それは、オレに一瞬、東大闘争や無期限ストを忘れさせてくれる、遠い、乾いた空気の国からの硬質な声だった。

二宮敬さんの授業で覚えているのは、何かの折り、急に一見謹厳な中世フランス文学の専門家と思われている二宮さんが、重要な現代文学の作品としてロレンス・ダレルの『アレキサンドリア・カルテット』に言及して、これを読んだことのある人は？　と教室内に尋ねたことだ。オレは手を上げたが、数十人中、他には誰もいなかった。他はだいたい、リポートだけですました。たとえばボリス・ヴィアンの『心臓抜き』の訳者滝田文彦さんの授業には出ずにリポートは勝手に、『心臓抜き』について書いたものを出した。滝田さんは「優」をくれた。

その頃、英文の小津次郎助教授が以前、「『マクベス』の異様な短さについて論ぜよ」というリポートの課題を出したという話を聞いた。思わず、書いて答えたくなるような課題というのもあるものだ、と感心したのをおぼえている。

仏文以外では、オレは朝早くからの一限にはじまる今道友信という保守派の美学学者の授業と、少人数の外国語文献講読の特殊講義も受けた。これもそれぞれ大変に厳しい、しっかりした授業で、なかなかに気持ちがよかった。この二つの授業では、リポートを書いて「優」をもらって嬉しかった。察するところ、オレは本格的な専門家に「学ぶ」ということに「飢えて」いたのだろう。「何をするんだよう」の気分は、なお横溢《おういつ》していたが、その気分を持ちつつ、なお敬意を抱ける年長者、そんな存在を探す気分になっていたのだともいえる。むろん、そんな存在は、大学にいなかった。別に言えば、「フーテンの夏」

の気分と「自己否定」の気分に引き裂かれ、「臭いものに蓋」の後ろめたさをどこかで感じながら、オレは少しずつ、壊れようとしていた。

＊

駒場でのオレの恩師、平井啓之さんは、この年、大学の姿勢に抗議して東大をやめていた。平井さんからオレに会わないかという誘いがあったのも、そんな頃だ。先に訳していたフランスの脱獄囚アンリ・シャリエールの『パピヨン』という自伝がスティーヴ・マックィーン主演の映画の原作となった関係で印税がたくさん入った。ついては家族を連れてしばらくフランスに行く。そこに一年くらいは滞在するつもりだ、というお話だった。

たぶん九月くらいだったろう。渋谷でごちそうになりながら二人で話した。平井さんは当時売り出してきていた野坂昭如の作品の面白さについて語った。オレは、文芸雑誌で読んだばかりの三島由紀夫と武田泰淳の対談の話をした。武田泰淳の言葉をとりあげて、最近、三島がどうもおかしい、というような話をした。

平井さんは、陰に陽にオレを支えてくれた。中原を好きになりはじめていたオレに、「軍服を着た中原中也」ともいわれた宮野尾文平という学生時代の親友の詩人の存在を教えてくれたのも、彼だ。大学を離れると、フランスの文学者ではなく、中原中也への偏愛が、いまやオレと恩師を結ぶ新しい紐帯《ちゆうたい》になろうとしていた。

#13 『現代の眼』への寄稿

その少し前、七〇年の春あたりから、何か書かないかと声をかけてくれる人がぽつりぽつりと現れるようになっていた。七〇年五月には、藤井貞和さんの友人の桑原茂夫さんが『現代詩手帖』の編集長になった関係で、寄稿依頼をしてくれ、「〈背後の木〉はどのように佇立《ちょりつ》しているか」という夢野久作論を書いた。九月にはその藤井さんが連絡をくれて何か書けというので『犯罪』という詩と思想の雑誌に「水蠟樹」という短編の小説を書いた。どういう気分だったのかもう思い出さないが、同じ頃、北海道大学新聞にいまではあまりその内容をおぼえていない（というより思い出したくもない）言語論まがいのものも書いたと思うし、変わったところでは『都市住宅』という建築雑誌に「〈未空間〉の疾駆」といういさましい題名の作品空間論を発表したりもした。

秋学期になると、本郷には、ブロックさんの授業、それと同じ曜日にあるので選んだ今道さんの授業くらいにしか足を運ばなくなった。無期限ストライキが依然、終結していないことに対してはずぅっとこだわりが残っていた。考えがそこから進まない。どこか後ろめたさのようなものが残る。そのことがオレの気分を不明朗にした。半分は「落ちこぼれ」の心境。しかしどこかで自分なりに「落とし前」をつけたいという気持ちも動いていた。

＊

そんなある日、平井さんと会食してからほどない頃だったが、若い編集者の人がオレのアパートにやってきた。当時は携帯電話なんてものはなかったから、編集者はオレみたいな電話をもたない学生に会う場合、直接アパートにやってきたりもしたわけだ。

その人は、一年くらいまえに大学を卒業したばかりでいまは『現代の眼』という新左翼系の雑誌（とはいえオーナーが総会屋まがいの人物だというので裏では総会屋雑誌とも陰口されていた。総会屋の税金対策の雑誌だといわれた）を担当しているという。学生時代にオレの最初の学内の賞をもらった小説を読んで感心したが、全共闘運動をへて、あれからだいぶ遠いところまで来てしまったはずだ。いま考えていることを書いてみよ。特集の主題は「現代の〈危険思想〉とは何か」だという。

名前を竹村喜一郎さんといって、この人はその後、高名なヘーゲル学者になる。でも当時は若い編集者として、友人の書誌学者青山毅さんとともにオレにこの時期、新宿のゴールデン街界隈の文壇バーなどの手ほどきをしてくれた。四谷の「ひで」などにも連れて行ってくれた。

オレはこのときドストエフスキーの『悪霊』の主人公スタヴローギンについて極端に観念的な一方的下降がどこにたどりつくか、という話を書いている。タイトルは「最大不幸者にむかう幻視」とだいぶおどろおどろしい。リードには
「スタヴローギンを革命しえない一切の革命はスタヴローギンによって革命されざるを得ない」

と恐ろしいことが書いてある。

オレには、ものを書くことによって考えるという不自然なところがある。そのため、書くことによってますますラジカルになってしまう。この頃はその傾向を自分でコントロールしなければならないこと自体を知らなかった。じつはこのとき、あとに触れるように三島由紀夫の自裁事件が起こっている。それもオレの背中を押したろう。いまのオレにとって一つ救いなのは、そこに、あの中原の、小さな詩、「修羅街挽歌　其の二」の一部が引いてあることだ。そしてしっかりと、小林秀雄と中原中也をオレのなかの二つの原理を体現する存在として示している。オレは小林よりも中原を取る、という姿勢をそこで明らかにしている。

他にこの論にはいま、見るべきところはないような気がするが、これでオレは、自分が

全共闘運動の終わった東大闘争のなかで、また文学部のなかで、一つのシルシツキ（スケープゴート）になるだろう、と思った。なぜ仏文科の一人の学部学生に過ぎないオレが、「現代の危険思想」を論じるのか。オレとしては、何か取り返しのつかないことをしているという気持ちがあった。

中原への親炙《しんしゃ》についていえば、オレはその後も、この点だけは譲らなかった。オレのものを考える原理は、ずっと一貫して中原中也の考え方、感じ方のうちにある。それだけはいまも変わらないとオレはひそかに思っている。

さて、その原稿を書いている最中、たまたまラジオをつけたら、西馬込から中継です、なんてやっている。何のことかと思ったら、三島由紀夫が市ヶ谷の自衛隊本部に闖入《ちんにゅう》してそこで自衛隊員に憲法改正のための蹶起《けっき》を呼びかけ、自衛隊員に嘲弄《ちょうろう》されたあと、割腹自殺、ついで介錯《かいしゃく》も受けたという。オレは、歯を食いしばるようにして書き続けた。三島に負けまいと、その「危険」な原稿を書き続けたわけだ。

で、この原稿を竹村さんに渡した。ホッとしてその日は、A子さんにもよかったねなどと労をねぎらわれたが、翌日、午後あたり、彼が大きな袋にみかんをいっぱい入れて現れた。「すまん」と頭を下げて、「昨夜、キミの原稿をなくした。もう一度書いてくれ」という。いまと違ってコピーなんてない。はじめての原稿料提示のうえでの雑誌への執筆を終えて、ああ、終わった！　とばかり、草稿、書き損じなども全部捨ててしまっている。一瞬、目の前が暗くなったが、その後、もう一度、何とか手の震えを抑えるようにして書いた。そしてそれを渡した。

この特集には、いま見ると、村上一郎、内村剛介、平岡正明、松下昇など錚々《そうそう》たる顔ぶれにまじり、同年の詩人の佐々木幹郎も寄稿している。佐々木さんとオレが執筆者の中で最年少だが、佐々木さんは当時、「死者の鞭《むち》」の新進詩人として知られていたから、ほぼ無名のままの登場といったらオレくらいだった。どれだけの人がこれを読んだかはしらない。きっと全共闘だとか新左翼だとかの動向に関心のある一部の人の眼にとまったくらいだったはずだ。仏文の教師がこれを読んだとは思えない。しかし、これを書いたオレにとっては、この「最大不幸者にむかう幻視」という仰々しいタイトルの論考の発表は、大きな意味をもっていた。まったく東大仏文科的ではない！　もうもとには戻れない。ルビコン河を渡る、くらいの気分にはオレをさせたわけだ。

＊

事実、この論考が一九七〇年一二月に（一九七一年一月号というかたちで七〇年一二月に出た）発表された直後、オレは仏文科の大学院の試験を受け、そして落ちている。そしてますます追い詰められた気分になった。いったい「最大不幸者への幻視」などとほざいて

「スタヴローギンを革命しえない一切の革命はスタヴローギンによって革命されざるを得ない」

などと大言壮語したヤツが、どのツラをさげて大学院を受験するのか。再開された授業に顔を出し続けるのか。それはあまりに滑稽、悲惨なことではないのか。そう考えてオレは少し、絶望的な気持ちになった。

また、悪いことには、この一月号の原稿が少しは受けたのか、オレにはすぐに次の原稿依頼が来て、同じ『現代の眼』の七一年三月号にまた書いたが、目次を見るとそれは「総括・全共闘運動」という小特集で、書いているのはオレのほか、あの名高い東大全共闘の指導者の一人、最首悟《さいしゅさとる》さん、そしてその後、警察に手配される京大全共闘の主要人物助手滝田修《たきたおさむ》さんだった。この二人は全共闘運動において大きな役割を果たしている。じゃあオレは何か。オレはまったくそういう意味では私的に、というか、個人的に、というか、文学的に（？）、全共闘というものに関わってきただけだった。オレがいるということのほかに、何の実績も存在の痕跡もない。

そしてオレは、この論考「不安の遊牧」というものを発表することでさらに動きがとれなくなる。

一九七一年ともなれば、もう全共闘運動も過去のものと見られ、東大入試の中止のあと、すでに二学年分の新入生が入ってきている。そんなときに、「総括・全共闘運動」もないだろうと思うのだが、文学部の「闘争」はまだ終わっていなかった。同じく、オレのなかでも、時間は止まったままだったのだ。

＊

その頃オレの住んでいたアパートは、いまはもうなくなっている。三鷹台駅を降りてすぐの立教女学院の校舎前を通り、道なりに坂になっているところを登っていくと、右側に高名な画家のお宅がある。その向かい側にそのアパートは建っていた。

そこから畠のなかの小道を抜けてオレはよく井の頭公園まで散歩に行った。いま思い出すのは、先にふれたA子さん、ヒヨドリくんのほかに、なぜかはわからないが、時々、かつてのオレのデモ行動の指南役、フルモトが顔を見せたことだ。

フルモトにも世話になった。それより前、大学二年の頃だったろうか。秋から冬になりかけで、オレはレインコートしかもっていなくて寒そうにしていたようだ。そしたら、真新しい当時はどちらかというとハイカラなダッフルコートを着ていた彼が、寒いだろう、どうだ、やるか、という。イヤだ、というと、だったら千円出せ、それで譲るといって、それを千円で譲ってくれたことがある。それから数年、オレはだいぶ得意になってそのダッフルコートを着て歩いた。

この三鷹台のアパートに顔を出したときにも、オイ、金はあるか、というから、ない、というと、そうか、だったらやろう、という。いまどこぞのラブホテルでバイトしている。売上げは交換するシーツの数で管理されているので一日に一度だけ自主的に搾取免除を行うこととして使用済みのシーツをまたそこに設置しなおし一回分の使用料を着服している。

「だから金には不自由してない。いくら必要なんだ?」

結局このときも彼は三~四千円をテーブルに置いていった。

*

窓辺には小さくて可憐《かれん》な植物の鉢、さらに猫、オレはもう家からは出なくなって近くの中華料理屋に毎食、昼は定食を届けてもらって、家ではブルーノ・ワルター指揮のモーツアルトのレコードをかけ、フランス文学史のベンキョーに打ち込んだが、何かが欠けていた。オレをフランス文学に結びつけるダイナモのようなものが抜き取られていた。どこかにいつもブレーキが働き続けていて、ベンキョーは長続きしなかった。

無理もない。オレは大きな矛盾のなかにいた。自分でそれに容易に気づかなかったのは哀れだが、論理的に首尾一貫するんなら、大学をやめるのが一番スッキリしていただろう。ところが、それではこちらの負けになる。オレは内実がどんなものであれ、でもやはり、仏文学のベンキョーがしたい。大学院に進んで、フランスに留学したい、とそう思っていた。それを文学部教授会などというものへの意地のため、諦めるというのは違うと感じていた。しかし、そうなら、「妥協」するか、「転向」するかするしかない。そういう考えを自分から作り出す以外にない。しかし、そう考えるにはオレはあまりに情緒的だったし、観念的だったし、内向的だった。その最後の一手に、手が届かなかった。

#14 恩地くんの「戦線離脱宣言」

でも、当時、この最後の一手にまで考えを届かせるだけの力をもった学生たちもいた。それをオレは後で教えられる。

小熊《おぐま》英二の『1968』という本は極力オレには苦手なホンなんだが、そこに一つの挿話が出てくる。

駒場の一人の学生が、六八年秋のピークをすぎたあと、六九年のことだろうか。全共闘というのは自由参加の組織体だが、このままいけば「テロ」のセンターになるか「政党」になるしかない、と考えた。そのいずれも、自分の考えとなじまない。そこである日、「クラスのストライキ委員会の解散宣言を出し」、「一人で『戦線離脱宣言』というのを百部刷って駒場の正門で配」った。そうやってその後、「山中湖にみんなで遊びに行っ」たのだという。

その学生というのがその後、東大で教えて『知の技法』という奇妙なホンを出してベストセラーになった文化人類学者の船曳《ふなびき》建夫さんだが、一度、この話に感心して、オレはこのことを短文に書いたことがある。そしたら、それを読んだ彼と同年の身近にいた人々でいまオレと親しい友人たちが、いや、これは違うんだ、船曳くんは二番手だったんだ、この考えを作ったのは別人なんだと、もう一つ、当時すばらしい雑誌が出ていたことを教えてくれた。

それは『わゐうゑを』という同人雑誌で、見ると、船曳くんも同人の一人、芝山くんも詩を寄稿しているが、中心人物は別の人、恩地豊志くんという。

この恩地くんが、「戦線離脱宣言」というのを書いている。オレの友だちによれば、当初はガリ版で刷られた。一九六九年五月のことだ。クラス仲間に配布されたらしい。だから、ことによれば、船曳くんが百部刷った「戦線離脱宣言」というのも、これだったかもしれない。

そこで恩地くんはこういっている。

私は今日以降
42LⅢ6D授業粉砕委員会―LⅢ闘―駒場共闘・全共闘―東大解体運動の一切の戦線を離脱することを宣言する。
共同的個体としての私にとって、上の共同性に拠って闘う意義は、ほぼ完全に喪《うしな》われた。
このことは、上集団の〈敗北の客観的確定〉を認めること、それらが後退をつきつめ、深化し、壊滅（新生）まで走り切る可能性＝構造をもっていないことを確認すること、を意味する。私はそれらの〈敗北〉と内的脆弱《ぜいじやく》性への「責任」の一端を担う。……

（東大全共闘・駒場共闘会議編『ドキュメント東大闘争　3　屈辱の埋葬』一九七〇年、亜紀書房、三七三〜三七四頁）

彼はこうも書いている。

一・一八―一九（安田講堂攻防戦のこと――引用者注）は、東大闘争の本質を沈黙の裡《うち》に語……った。したがって、東大闘争はこの時、明確に全射程を飛びきったのであり、それは、象徴的には、時計台放送が「私たちの闘いは勝利でした」とウソを言った（言わざるをえなかった）時、最終的に自己の〈敗北〉を承認したのだ。

（同前、三七五頁）

だから、もしそれ以降「闘争」があるなら、全共闘運動は自分の本質と向き合う「明晰《めいせき》さを獲得し、さらに構造転化を遂げる」ほかない。しかし全共闘の主力へゲモニーはその困難に向かうことを避けて「既成スタイルへの回帰の道」を選んだ。この先、全共闘運動の「原初的モチーフが政治的に生きうる」としても「運動はゲリラないし、テロルのセンターとなるか、〈反省〉の組織者となるか、以外にない」。「東大解体運動」は「未熟児として流産された」、恩地くんは、そう結論している。

＊

これを、つい最近、教えられて読んでオレはすっかり感心した。駒場の一つのクラスのなかで、直接はその仲間にあてて書かれた「戦線離脱宣言」。オレよりも一学年下の人だから、六九年、これを書いたとき、彼らは、一年留年したまま、駒場にいた。しかし、本郷の文学部にいたオレは、こういう考え方を提示した学生がいようとは、夢にも思わなかった。

こんな考え方がありうる、ということにすら、思い及ばなかった。

しかし、もし思想というものに「力」があるとしたら、こういうときに、全く新しいこういう考え方を作り出す、そしてまったく別個の行動指針の可能性を人々に示すことにある。

あの時計台放送の
「私たちの闘いは勝利でした」

という宣言は「ウソ」だ、という力。そこから新しい展望を示す力。王様は裸だ、という力。それこそ、一九六九年、思想の力というべきだった。

よくはわからないが、小熊英二の本が紹介している船曳くんの話は、この恩地くんの「戦線離脱宣言」(ないしそれに影響されて書いた船曳くん自身の「宣言」)を配ったということだろう。オレにはこういう考え方はできなかった。で、オレは、中原中也だけを頼りに、何とかこの時期を生き延びたっていうわけだ。

＊「戦線離脱宣言」については、船曳建夫が『図書』(二〇二〇年六月号、岩波書店)に「加藤典洋さん」と題したエッセイを寄せている。(編集部註)

＊

恩地くんは、『わゐうゑを』の創刊号（「わ」号、一九六九年一一月刊）には、「方法・戦略性論考（Ⅰ）」という難解な論考を寄せている。正直言っていまのオレにこれを理解しようとするだけの元気はでてこない。同じく、彼の「戦線離脱宣言」の根拠となる論理も、十分に理解できたとは思わない。しかし、オレとの違いとして、オレに反省させられる点をあげれば、そこで彼が、「共同的個体としての私」と述べていることだ。その「私」にとって「上の共同性に拠って闘う意義は、ほぼ完全に喪われた」といっている。

自分と自分の仲間で作る共同性、自分と自分以外の存在とのつながり。

そういうものがなければ、外的条件の変化で「闘う意義が完全になくなってしまった」から、自分は、これまでの自分の行動を全面的に変える、ということは、出てこないのではないだろうか。全共闘の東大闘争は、六九年一月の安田講堂攻防戦で、はっきりと一つの敗北を喫した。それは、権力に敗れたというよりは、内的な論理、主張のもつ敗北が露呈したということでもある。したがって、それ以後、もし闘争が前に進むということがありうるなら、その「敗北」を認め、それを闘争の「構造転化」にしっかりと結びつけることを通じて以外にはない。しかし、全共闘の主力へゲモニーは、「その困難へ向うことなく、むしろ『全国』教育闘争との『連帯』なる政策主義と、団交・自己批判要求という既成スタイルへの回帰の道を選んだ」。したがって、「私」は、この全共闘の一員としての闘いをやめる。戦列から離脱する、という。

全共闘運動を通じて、仲間と一緒になにごとかを実現しようとしてきた。しかし、もはやそれは望めない。だから、ここを離れる、というのだ。

*

この恩地くんの論理に照らせば、同じ時期のオレに何が欠けていたのかは、はっきりしている。オレには、文学部共闘会議の一員として、あるいは全共闘の一人として、ともに大学に抗してなにごとかを実現しようなどという姿勢、考えはなかった。「七項目要求」「大学解体」というコトバで、自分が何をめざしているのかを、改めて考えるということはなかった。だから、その目標に照らして、闘争がそれから逸脱したばあいには、その批判に転じ、ときにはそれからの戦線離脱を決定するということもなかった。

文学部の闘争にこれをあてはめれば、不当処分の撤回という要求項目では、文学部教授会は六八年九月に、まず仲野くん処分を「解除」するという決定をした。この「解除」は教育的処分の目的に照らし、処分された学生に反省が顕著で学生自身が復学を希望している等、所期の条件がみたされたばあいに行われる措置なので、この決定が実態にそぐわない事態収拾のための弥縫策であることは明らかだった。さらにこれでも事態が収まらなかったため、一年後、六九年九月に、文学部教授会は処分「取り消し」という決定をした。今度はこの決定は「なかったことにする」というのだ。しかし、これまでの文学部教授会の決定は、「誤りではなかった」という。これも論理的に支離滅裂であることは先に言ったとおりだ。

しかし、このあたりで、仲野くん不当処分問題が、「煮詰まり」、「行き詰まった」ことは明らかだった。どこまでも文学部教授会の謝罪を求めるといっても、事態はここで膠《こう》着《ちゃく》してしまっている。この問題では、ここが一つの、事態展開点であるはずだった。

文学部共闘会議でも、誰かがそのことを指摘してもよかった。

というのも、文学部の無期限ストライキの理由は、その不当処分撤回につきなかったはずだからだ。文学部共闘会議と全共闘とは、その根源に東大闘争の医学部問題と同じ病根があることを認めたから、これをも、大学当局に対する七項目の要求に加えた。そしてそれは、大学の体質と旧来のあり方を変えて、別の学問共同体の実現をめざすことを意味していた。それが、当初、語られた「大学解体」の意味だったはずなのだ。

だとすれば、このあと、彼らは、この「大学解体」のあり方を、どう実現していくか。それに照らしていまの無期限スト体制を続行するのか、終結させるのか、という問題に、議論を転じ、収斂《しゅうれん》させていくこともできたろう。いつまでも文学部教授会に「事実誤認」

と「謝罪」と「自己批判」を求めるだけで、それがなければ無期限ストは解除しないというあり方は、転換された可能性がある。

ことによれば、そのような議論が文学部共闘の集まりの中でも生まれていたのか、それはわからない。ただ、勤勉にそこに参加していたわけでもなかったが、オレに、そういう声は聞こえてこなかった。

そのために、この問題は、その後、オレ自身が『現代の眼』に寄稿し、季節はずれの「全共闘運動」問題の深みに自らはまっていくにつれ、いよいよ深くオレをとらえるようになっていった。

#15 就活

就職試験なんていうものは、一九六八年、オレたちには縁遠いものだった。オレたちは社会の既成秩序と正面からぶつかっていた。一般学生諸君ならまだしも、当時、オレの念頭に就職はなかった。オレはもっぱら院進学しか頭になかった。そのこともあり、まったく就活には無関心だった。しかし、一九七一年ともなると、事情はだいぶ違ってくる。何よりオレは前年一二月、ものの見事に大学院受験に落ちていた。

大学院受験が厳密に語学の実力だけで判定されるのであることを、さすがに不安になったのだろう。文学畑の友人チカダくんに連れられて当時の学科主任、山田爵さんの成城のお宅に伺ったときに、オレははっきりと知らされていた。

爵さん（オレたちはそう呼んでいた）は、仏文学者山田珠樹のご子息、ということは母堂はあの森茉莉、祖父は鷗外ということになり、爵（じゃく＝ジャック）の名前も鷗外の命名になるのだが、とりわけ温厚で受容力のある人として知られていた。そんなこともあって、オレもチカダくんについていく気になったのだろう。チカダくんもこの年は院の試験に落ちていた（ただし翌年合格し、院に入ったあとフランス政府給費生の試験によい成績で受かり、エコル・ノルマル・シュペリウールに留学する）。そこで院の受験事情の周辺について話を聞きにいったのだった。

そのおり、今年の合格者一〇名内外の話になったときに、爵さんがいった。今回の試験を首位で合格したニシカタくんというのは実に変わった男だねえ、教員の誰一人、彼のことを知らない。それは狛江以来のオレの友人のあのニシカタくんのことだった。ニシカタくんのことだ、ほとんど本郷には来なかっただろう。彼はどこかでサルトルなどを読みふけっていたのだ。

オレは、まぶしい思いで、ニシカタくんのことを思い浮かべた。考えてみれば、もう何年も、会っていなかった。

しかし、この話には後日譚《たん》がある。オレが次の年も院に落ちて、国会図書館に勤めるようになったある日、オレは国会前の舗道で、偶然、向こうからやってくるニシカタくんに出会うのだ。お互いに驚き、「どうしているの？」と尋ねると、「ん？ 靴のセールスをやってる」。「あれ、大学院はどうした？」「ん？ 半年でやめた」。ニシカタくんは六六年のときのままの彫りの深い顔で、ぼんやりと笑うと、そのまま、いま仕事だから、といって歩いていった。

なぜニシカタくんが大学院をやめたのか、その彼がなぜいま靴のセールスの仕事をやっているのか。わからないことだらけだったが、この話から、ただひとつはっきりとわかることがある。それは、東大のばあい、院の試験は学力さえあれば、どんな学生をも受け入れる、ということだ。学生もイヤになれば、いつでもやめるのだが。

だから、オレは、残念ながら語学力が足りないため、次の年も院を落ちたわけだ。

最初の年に落ちたオレは、やはりかなりのショックを受けたが、気を取り直して、七一年はどうしても受かりたいものだと考えた。

しかし、合格が確かでない以上、院受験の勉強、卒業論文準備のほか、就職を考える必要もあるのだった。

当時は、共働きというのは、それほど普通ではなかった。女性に働いてもらって男のほうは今でいうフリーターを決め込むというのと、男が働いて女性は専業主婦というのが、よく見られるパターンだった。そのうち、何かやろうとする男が女性に一時的に働いてもらうというのがオレの周辺ではよく見られるケースだったが、オレは自分は好きなことをして女性に働いてもらうというのがイヤだったのと、A子さんがとにかく、社会的に順応性のない人でちょっと働いても数週間ともたない、すぐにやめてしまう人だったのとで、これは大学院に行けなかったら、就職するしかないな、と当初から考えていた。

＊

ここでオレの結婚相手となるA子さんについて、ちょっというと、このA子さんというのは独立独歩の人で、オレとはかなり違う人格の持ち主だった。この間の東大闘争、全共闘運動、全国の大学を席巻した学園闘争の嵐なんていうものもほのかな関心こそあれ、淡泊な関わりで、この間、一度も自分の大学のデモに積極的に参加したことがないのはもとより、他のデモにも参加したことは一度くらいしかない。一度、東大構内に友人とオレがデモをやっているのを見に来たときには、カッコ悪いんだもの、友だちにあれが恋人だとは言えなかった、と言った。オレとはけっこう気が合うから、ずうっと一緒に付き合い、遊んだりもしているが、まったく大学闘争だとか、そういうことには情熱がなかった。

文学は好きで、高校生の頃からたくさん本は読んでいた。ドストエフスキーみたいなものがけっこう好みで、四年制の哲学科に進学した際の卒論も主題がドストエフスキーだった。でも、とにかくあまり時代に動かされる人ではない。オレの書くものにも——小説を除けば——一向に関心がない。誰かとうまくやる、ということもできないので、アルバイトなどに行っても、気に染まないとすぐにやめてしまう。

で、時々はむろん苛立《いらだ》つんだが、オレも何だかそういうところが気にいっているものだから、まあ、ええよ、みたいな感じで、オレが就職すればいいんだ、と思ったわけだ。

しかし改めて気づいてみると、オレはほとんど六九年くらいからは、野生化してしまっていて、午前一〇時前に起きたことはなかったし、当時の国電いまのJRの満員電車というものも皆目経験していなかった。何しろ、六八年四月から七二年三月まで、まともな学生生活も社会生活も送っていない。六八年六月からは「無期限ストライキ」が続いている。長い夏休みがいつまでも続いているようなもので、大学がストライキになってからは、朝がしらじらあけるあたりに寝て、昼近くに起きるような生活を続けていたわけだ。

髪は長髪で、天パーだから、黙っているとアフロヘアみたいになる。一度など、三鷹台のアパートで掃除をしていたら、戸口にやってきたセールスの人が「すみません、奥さん」と声をかけるので、オレが顔をあげると、あっと言ったっきり消える、ということもあった。

しかし、それでは就活はできない。

オレも髪を切った。首筋がすうすうして落ち着かない。そのあたりにドシンとギロチンが落ちてくる感じだった。

＊

その頃、いやな就職にまつわる都市伝説みたいなものを聞いた。

ある会社の就職試験でのこと。受験者を全員体育館みたいなところに集めて一列に並ばせ、さあ、これから逆立ちをしてください、という。

で、まず、これに唯々諾々として従う学生、これは愚鈍だから落とす。

次に、こんなことにどんな意味があるのだ、とメンドーなことを言って抗議したり文句をつけてくる学生。これも頭でっかちな不平分子なので落とす。

最後、これがバカバカしいことだとは知りつつ、会社が命じるんだからしょうがないとニヤニヤしながらこれに応じる学生。これが使える学生だというので入れるのだという。

オレはこの話を聞いたときは、少々参った。何かとってもいや～なものがここにはあると思った。

でも、いま考えると、ここにはオレのあり方に対する問いかけがあった。この第二のあり方から第三のあり方へというのが、オレがどうしても飛び越せない溝だったからだ。ニヤニヤ笑いながらというのではなくて、もう少ししっかりと現実に着地する仕方というのがあっていいいんじゃないか。

いまならそう思うだろう。でも当時のオレはバカだったから、そこで動きが取れなくなっていたわけだ。

というわけで、就職試験では、出版社を受けたが、面接試験で全滅した。全滅といっても、オレの受験した一九七一年は景気後退期で受験できる出版社の数が少なかったこともあるが、受けたのは新潮社と筑摩書房の二社だ。

＊

新潮社では、これまで言ってきたように関わりがなかったわけではないのだが、履歴書に自分が学内の小説の賞を受けたなんてことは書かなかった。あれから五年、ずいぶんと遠くまで来てしまっていた。自分を零落したと感じていた。でも、「何をするんだよう」の気分は旺盛だったから、第一回の面接に顔を出したら、四～五人くらい面接員が並び、中央の一人が、名前は？　と聞く。バカなオレはもうそこで少々ムッとくる。履歴書にルビ付きで書いているとおりだ、と思いながら、名前をむにゃむにゃと言った。しかしほどなく、で、君は文学が好きだっていうけどどんな小説家が好きなの？　と訊かれて、つまった。ドストエフスキーとか、カフカとか、名前が浮かんできたし、中原中也という名前も浮かんだが、とにかく、そういう名前を口に出すことが無性に恥ずかしいことに思えた。で、う〜ん、と口ごもっていたら、じゃあいいです、となって、面接が終わった。

あとになって、第一次面接で落第という知らせが下宿に届いた。落第を知らせる封筒は薄くてね、その寒々しい感じをいまもおぼえている。

もう一つの筑摩書房では、何度かの面接に詩人の吉岡実さんがいたのをおぼえている。さすがにこのときは緊張したが、吉岡さんは半袖の開襟シャツを着て、扇子をハタハタと動かしながら何も発言はしない。別の委員に入ったらどんなものをやりたいかと訊かれ、そのときは、あまり確信もなく、森有正全集を作りたい、みたいなことを答えた。

多分これが最終だったんだろうと思うが、筑摩の面接では、このあとの三人一緒の面接のあと、個別面接を行うというところまで行った。

面接員は三人くらいだったろうか。でも最後、安田講堂攻防戦の話になって、そのうちの一人に挑発された。彼が、三島由紀夫が天皇陛下万歳と言ったらいくらでも共闘できるといったがどう思う、と尋ねたので、バカバカしい提案だと思う、と答えると、でも、三島は死んだけど、安田講堂からは誰一人、身投げしなかったね、誰か死ぬんじゃないかとみんなハラハラしたんだが、みたいなことを言う。そこでカチンと来て、でも、多くの人間がそこから落ちたんじゃないですか、で、いまも落下中なんです、とバカなことを言った。そして気まずい沈黙となった。やはりどうも扱いづらいと思われたんだろう。この面接結果も落第だった。

でもこの筑摩書房のほうの面接は、一つの贈り物をしてくれた。最後、気まずいままの終わりとなり、かなり落胆して、オレは当時筑摩書房の近くにあった喫茶店で昼のランチを食べたんだが、それが、目玉焼きをライスの上に載せ、周りに野菜などをあしらったものので、オレには、このときのことが、何だかとっても印象深かったらしい。その後、オレの家では、いまなお、よく昼、なにもないと、このレシピの昼食が出るんだが、この喫茶店の名前を取って、これは「穂高ライス」という名で呼ばれている。

＊

こうして、すべての就職試験に落ちてしまってだいぶ凹《へこ》んでいるオレに、友人のチカダくんが国会図書館というところの試験がまだあると教えてくれた。チカダくんはカフカやらマラルメを読む、オレとは違う頭の持ち主で、かつそんなに小回りのきく人ではなくて、奥行きがあり、オレとはよい仲だった。オレなんかよりデモにもそんなに参加していなかったはずだが、運悪く六八年一〇月二一日の新宿騒乱で一度逮捕されていた。自分には逮捕歴があるから、公務員は無理だ、でも加藤くんは逮捕歴がないから、大丈夫だろう、という。オレはそれまで国会図書館なんて一度も足を運んだことがなかったが、他にもう方法がないので、とにかく受けてみることにした。公務員だというので、父も知り合いにあたったらしい。そのことを後で知った。そのことが功を奏したのかどうかわからない。でも筆記は教養試験とフランス語と双方問題ないとして、とにかくこのときははじめて面接がうまく行った。

今回はもうヤケだというので、「運動歴」というところに高校一年のときに三ヶ月だけ入部していた「弓道部」のことを念頭に、「弓道」と書いたのだが、面接官の部長の一人に弓道を嗜《たしな》む人物がいて、「そうか、君は何流だね」と訊く。「わかりません。三ヶ月だけやりましたが、当たらないのでやめました」と答えると、とたんにその場に笑いが起こった。実にはじめて、就職試験の面接の場で、オレに笑いがとれたわけで、オレはこれで国会図書館には合格できたと思っているんだ。

#16 卒論、落第、ケンカ

ところで、オレは七一年の夏、卒論の題目を最終的に提出しなくてはならない刻限になって、突然すっかりプルーストの卒論を続けるのがイヤになってしまった。『母への手紙』なんていうのを、新しく引っ越した世田谷池ノ上の下宿から自転車で駒場の近代文学館まで足を運んでその閲覧室で読み続けていたのだが、急に何もかもがイヤになった。それで、あろうことか、これとはまったく異質なロートレアモンに題目を変えてしまった。フランス文学の世界でアルチュール・ランボオと並び称されるような若くして異彩を放った天才的な詩人だ。その詳細はまったく知られず、当時は、代表作の長編散文詩『マルドロールの歌』以外、写真一枚、残っていないと言われていた。このロートレアモンを卒論にするばあい、利点は一つ、彼が『マルドロールの歌』という作品一つをしか残していないこと。また、関連する第一次資料がほとんどないことだった。いまはこの本名イジドール・デュカスという青年については新たな資料も発見されているようだが、七一年当時はそうだった。

オレはそれまで何度かこの『マルドロールの歌』は翻訳でだが、読んでいた。面白い作品だと思っていたし、その作品の置かれた境遇が自分の気分にフィットした。しかし、当時のオレのフランス語の読解力では、とてもこの長編詩作品を原語で全編、味読・精読するだけの時間はない。というので、オレは基本、日本語でのこの『マルドロールの歌』読解をもとに、一部、原語での個所を取り出し、それを吟味するという二本立てでこれを書くことにした。

主題は、決まっていた。かなり自分にひきつけたもので、そんなものが果たして卒論になるかどうか、指導教官がいたらノーと言った可能性が強いが、マルドロールにおける「羞恥」の位置、というのがそれだった。

中原中也に「含羞《はぢらひ》」という詩がある。それは、こうはじまっている。

なにゆゑに　こゝろかくは羞《は》ぢらふ
秋　風白き日の山かげなりき
椎の枯葉の落窪に
幹々は　いやにおとなび彳《た》ちゐたり

オレは、ここに言われている中原中也の「含羞」にあたる微細な対自感情、あるいは即自感情、それが最後、何もかもを否定してやまないマルドロールのなかに否定されずに残るものなのではないか。そんな仮説をここで検討してみたい、と思ったんだ。いま考えても無理がある。しかし、オレの中では「フーテンの夏」から「全共闘運動」をへて何も読めなくなり、「中原中也」までたどり着いた、そのオレのなかのひとすじの連続性を何とか仮構したいという願いがあったんだろう。オレが最後に企てたのは、何もかも破壊しつくす論理と「何をするんだよう」のあっけらかんとした全能感と、それとは対極にあるような中原の「含羞」という三者を、つなぐことだった。

しかし、こんなことがフランス文学の卒業論文で許されるわけはない。案の定、オレの卒論面接は、主査の二宮敬主任教授、副査のなんとかいうフランスから帰国したばかりの助教授、それに外部副査として大学院のパスカル研究者として世界的に名高い前田陽一教授という三人によって行われたんだが、二宮教授には、就職口は確保したか、就職したほうがよいだろう、というようなことを勧告され、名前を忘れた助教授からはフランス語で、マルドロールの全的否定と大学闘争についての関係を訊かれ、さらに「このオント（恥）というのは何かな。日本は恥の文化だというがそれとマルドロールとどういう関係があるのか、理解できない」などとまるでトンチンカンなことを言われた。で、いや、オレのいう「羞恥」はフランス語では「オント」では言い尽くせない。人間存在の奥にある一番とらえがたい弱々しいもののことをこの語でいいたいのだ、などとこちらもわかりにくいことを言い募って、収拾がつかなくなったあたりで、前田さんがこの助教授のイジワルに見るに見かねて、いや、この人の言い分にも理解できるところはあると思いますがね、と言ってくれた。それで助教授は黙った。

パスカルは幾何学の精神と繊細の精神といっている。繊細の精神とはエスプリ・ド・フィネスだ。そうか。フィネスの核心に近いもの、といえばよかったか、と思ったが後の祭りさ。

結局、この卒論は「良」評価になった。この年、「良」をもらったのは仏文でオレくらいじゃなかったろうか。原稿二〇枚分でも、出せば「優」がもらえるというのが当時の相場だった。一〇〇枚書いた卒論が「良」では、ほかの大学院も難しかったろう。

＊

そして、最終的に、七二年一月、オレは再び院の試験を落第した。

年が明けてからの日々、オレはかなりすさんでいたんじゃないだろうか。それがいまの時点でもだいたい想像できるのは、このときオレが生涯で一度、路上で、一人の友人と殴り合いのケンカをし、道路に転がりながら町の人の見守るなか、もつれて倒れるなんていう醜態をさらしているからだ。

相手は、オレがただならぬ文学的才能を認め、内心畏怖もしていた一つ年下の芝山幹郎。彼はもうその頃、詩人として頭角を現しつつあった。彼が詩人の金石稔《かねいしみのる》やまだ一〇代前半の帷子耀《かたびらあき》とやっていた『騒騒』という詩の雑誌は当時、現代詩の世界では台風の目のような存在と目されていた。芝山くんは同じ仏文科だったはずだが、とても大学に顔を出すようなタイプではない。また大学院などに行く意思もなかったろう。しかし彼にもきっと鬱積するものがあったのに違いない。下北沢の喫茶店でタカノと三人で話していたが、何かがきっかけで双方が激昂《げっこう》し、何だと、表に出ろ！　という話になった。オレも芝山くんも腕力はさほどあるほうではない。タカノは空手の有段者、ケンカもめっぽう強かったが、道路に出て殴り合い、もつれ合う二人を止めにかかるどころか、「しょうがねえな。勝手にやってろ！」といって消えてしまった。オレたちは、そのあと、数分もつれあったあと、何だか気まずい、惨めな気持ちで別れた。

でも、これは後でまた言うことになると思うが、オレはこの人の文体のキレと頭の回転の速さには、ほとほと感心することが多くてね。その後、彼は翻訳家、さらに映画とスポーツの評論家として仕事をするようになるのだが、ほんの数年前、連絡をもらって久しぶりで二人だけで会った。その仕事を本当に評価している人間に対する敬意というものがあると、人はいくらでも、また仲良くなれるものだ。生涯でただ一度の殴り合いのケンカをした芝山くんはいま、オレの数少ない東大以来の友人なんだ。

#17 連合赤軍事件

しかし、それから暗転がくる。

七一年一二月にオレは卒業論文を提出し、大学院の試験を受け、大学院受験の結果は二度目も落第だった。さすがに二回の落第はこたえた。経験のある人にはわかるだろうが、社会と自分の間の吊り橋が一つ、また一つと落ちていく感じだ。

暗鬱に正月を過ごし、二月になったあと、最後の一撃が来た。連合赤軍事件だった。

下宿にはむろんテレビなんてものはない。だからオレはラジオで、このできごとに耳をすませていた。やはり気になって近くの食堂まで行って、そこでテレビの画面に見入ったりもし、新聞も読んだ。

連合赤軍事件も、安田講堂攻防戦と同じで、いまの人達に説明する必要があるだろう。

どんなものなのか、知っている人は少ないだろうからね。

まず連合赤軍という組織。これは、新左翼のセクト、赤軍派と京浜安保共闘とが連合することで生まれる。一九七一年七月一五日というから、もう完全に全共闘、新左翼運動などが退潮の色合いを明らかにしている時期だ。

*

連合した二つのセクトのうち、赤軍派は、もとは共産同という六〇年安保の全学連の主軸を担ったセクトの最左翼部分として生まれた。一九六九年の九月二日に結成、五日の日比谷公園での全国全共闘連合結成大会ではじめて公然と姿を現したとあるから、先にいったように、オレが見たのはその最初の登場機会だったことがわかる。とにかくまったく異様、異質な集団だった。でもこのときの主力が、このあと、二ヶ月後、大菩薩峠で蜂起の武装訓練のため集まったところを一網打尽で逮捕されてしまうことも、すでに話した。

もう一方の京浜安保共闘は、日本共産党（革命左派）神奈川県常任委員会という日本共産党を除名された最左派を中心としたセクト。当初は労働者を基盤としていたが、武装闘争の開始後はその多くが離反し、以後、多数が学生運動の出身者でしめられていた。

このうち、赤軍派がM作戦（金融機関強盗）によって資金を持ちながら、武器をもたず、京浜安保共闘が真岡の銃砲店襲撃などで多くの銃砲を持ちながら資金をもたなかったところから、最左翼軍事主義セクト両派の連合が成立して、連合赤軍を名乗る。

しかし、この最左派の集団もすぐに追い詰められ、結成から半年後、群馬県の山中に警察の手を逃れるために作った山岳ベースで指導部がメンバーに次々に過度な「思想的浄化」と「思想的同化」を強要するようになり、「党」の方針とそぐわない思想と行動に対する自己批判、総括を求め、それがリンチ事件に発展、一九七一年一二月三一日から七二年二月中旬までの間に一二名のメンバーが殺害されるまでにいたる。そしてその後、一部メンバーが企業の保養施設「浅間山荘」まで逃れると、そこに立てこもり、足かけ一〇日間の機動隊との銃撃戦ののち、五人が逮捕される。

市民一名が死亡、警官二名が殉職し、警官ほか二七名が負傷したこの銃撃戦はテレビで大々的に放送され、日本社会を震撼させた。逮捕後、先のリンチ事件の犠牲者一二名の遺体が群馬県の山中から掘り起こされ、その残虐さが強調された。このできごとで六七年以降展開されてきた日本の新左翼運動にとどめが刺された観があった。

オレはむろん、この事件に震撼され、数年間、立ち直れないくらいの衝撃を受けた一人だ。理由は、オレの理屈、あの文学部の「無期限スト」をやめる論理を自分で作れないままにどこまでもそれに拘泥し、それとなかば「心中」していくようなあり方を、ここまで見てきたこの話の読者には、納得してもらえるだろう。要は、オレのあり方は中途半端だった。途中で「無期限スト」問題を自分の中の解決不能の問題として一時凍結し――「臭いものに蓋」をし――、授業再開に応じてここまできた。でも、あれを徹底すれば、どこまで行くか。ほんらい、どこまで行かざるを得ないかの一つの答えを、この最左翼の活動家たちの惨憺たる行動の帰結は、そのオレ自身の愚かさと危うさも露わに、示していたからだ。

そこにオレがいても不思議ではなかった。オレはマルクス主義者でも何でもない。共産主義、社会主義の文献なども、さほど読んだことがない。その後、マルクスを少し読んだが、共産主義に対する関心からではない。しかしいまの社会の既成秩序に対する強烈な否定の感覚は、誰にも負けないくらいもっていた。そのようなものをどこまでも延長したら、観念的な「大学解体」の呼号にもなるし、「革命」の強迫観念にもなるだろう。恩地くんの論理ではないが、そのことによって、社会をどうするのか、自分をどのように生きさせるのか、他人をどのように生きさせるのか。そういう明確な他者との「つながり」の認識とヴィジョンをもたないかぎり、この過激化をとどめる手立てはない。そしてそういうことはオレの頭の外にあったわけだから、オレにとって連合赤軍事件というのは、オレの気分の最後の帰結をオレに代わって体現したもの、というように映ったんだ。

（こうだよ！）

（どうするんだ、おまえは？）

と誰かがオレに訊いた。

こうしてオレの悲惨な東大での生活は終わる。卒業式には出ていない。オレは、追われるように東大を離れた。その後も、何年ものあいだ、本郷方面には近づかなかった。

＊

結局、考えてみると、オレの東大生活は三つに分けられる。第一は六六年春から六七年秋までの最初の二年足らず。これは駒場での学生生活で、まあ、なかなか楽しかった。「フーテンの夏」を含む時期だ。

しかし、第二の六七年秋から六九年一二月までの学生運動の期間は、とりわけ、六八年の一年にも足りない全共闘の全盛期の期間をすぎると、他の学部が正常化していくなか、一九六九年末頃まで文学部だけが無期限ストを続け、孤立を深める。オレ自身も混迷を深める。「おもしろうてやがて悲しき鵜舟哉《うぶねかな》」。その「鵜舟」の盛りは、六八年一〇月の国際反戦デー。その日をピークに、すべてが下降し、内向し、現実との接触を失い、観念化していった。「自己拡大」から「自己否定」にいたる二年間余りだった。

そしてそれに続く七〇年以降、七二年三月までの第三の時期。オレは変調をきたし、学生運動、全共闘、東大の生活からも脱落して、それでも四月からはぽつりぽつりと授業にも顔を出し、終わるとすぐに大学構内を離れ、あとはほぼ何人かの友人とのつきあいと中原中也のコトバくらいが頼りで、大学院入試に向けたフランス語のベンキョーに気持ちを急《せ》き立てられもしながら、無為にすごした。

ほどなく新左翼系の雑誌に寄稿者として名を連ねるようになったこともあり、勝手に仏文科的文化のなかで、境界を越え、「ルビコン河を渡った」気がしていた。そして最後の半年は、就活、卒論、入試など矢継ぎ早にやってくる社会の試練に悪戦苦闘することになる。

＊

ところで、オレがこの東大とオレとのつきあいを喋《しゃべ》ってみようかという気になったのは、ある日、思い返してみたら、この三つの時期を含め、オレがつきあってきた東大時代の友人のほとんど誰とも、いま、自分はつきあっていない。オレには大学時代にできた友人というのがほとんどいない、ということに気づいたからだ。

最初の二年間は、いろんな友達がいた。しかし、みんなそれぞれに四散し、オレのもとから去っていった。オレも追いはしなかった。なぜかはわからない。オレが新左翼系の雑誌なんかに顔を出すようになったからだったのだろうか。しかしとにかく、このときの交友が、長い友だちの関係へと育つことはなかった。

次の二年間も、友人関係でいったら、あまりよい思い出はない。

たとえばオレは本郷で東大文指の雑誌『$\alpha\beta$』の編集部に入った。その話も先にしたが、一人だけ、そこで支配的なセクト「革マル」派の色に染まらず、全共闘派の部外者だったせいか、最初から陰に陽にあまり愉快でない待遇を受けた。たとえば最初の編集部員紹介のオレの欄は、オレには何の断りもなく、こう書かれていた。

「K君、やはり文学部仏文科の三年……スポーツにははじめから縁のない、文学少年（青年でない）。昨年の羽田闘争では青ヘルメットにゲバ棒（角材）をもってふりあげたまま、ふるえてたという伝説がある。今はヘルメットの色が変った。現在杉並のアパートで一人住い。実家は〝百姓（？）〟ということである」（一九六八年九月号「編集手帖」）

羽田に行ったときの話も、ヘルメットの色がどうしたというのもすべて事実無根。実家云々は父が警官であることをあてこすっているのか。よくはわからなかったが、このセクトから一人距離を置いていること、また構内全体に浸透した旧套のサヨク文化に無縁なことから、こういう陰湿なからかいめいたことがしばしばあった。

＊

父の職業との関係では、こんなこともあった。

機動隊が入ってくる。

そしてオレたちの前に投石防御の盾を抱えて整列する。するとその機動隊員を全共闘側の学生が愚弄する、おい、小学校を出ているのか。

一度、何かの折り、久しぶりに家に帰省したとき、父のもと部下だった機動隊員の若い人たちと家で鉢合わせになったことがある。正月だったのだろう。警察署長をやめた直後の父のところに若い機動隊員らが何人か挨拶に来て、酒をのみ、談笑していた。オレは障子一つへだてた縁側のベランダにいたから、声がよく聞こえた。みんな農家の次男、三男といった若い人たちで、オレと同年代であった。オレはなんとなく緊張し、なぜか肩身の狭い思いで、長髪の背中を向け、田んぼを見ながらタバコを吸っていた。そのときオレが感じたことを説明するのは難しい。否定できないことは「オレが彼らよりも恵まれている」ということだった。その感じがオレを苛《さいな》むようだった。でも、オレはそういう感覚は、まともな人間ならどうしても兼ね備えておかなければならないものだといまは思っている。

だからオレは、全共闘なんてものも、そのメンバーの人間の出来についてはさほど信じているわけではない。特にすぐれた人間がそこに集まったというわけではなかった。大学の構内で騒いでいるときも、友だちの言動、ふるまいに心を動かされる、という場面は少なかった。

＊

さて、このあたりでこの本の結論を述べることにしたい。

気がついてみたら、オレには大学時代からの友人というのがいなかった。オレの東大生活が三つの時期にわかれるというのも、今回、こうして喋ってみて改めて気づいたことだが、最初の楽しい（？）時期に出来た友人関係でいまもつきあっているのはうちの奥さんのA子さんとナカムラくんくらい。彼らは東大とは関係がない。ほかの友人もそう。東大関係では、途中、中断をはさんで、ヒヨドリくん、芝山くんとの交友が、再開されたくらいなのだ。

ほかにオレには詩人の瀬尾育生《いくお》、社会学者の橋爪大三郎という東大出身の大事な友人がいるが、彼らは、一年学年が下で、東大の時代につきあいはない。セオさんは、六九年、あの恩地くんの「戦線離脱宣言」と同時期の駒場にいた。ハシヅメさんは、大学院に進み、学外の小室直樹という反骨異端の学者に学び、彼自身がその後、元全共闘の人間として独立した人格のまま言語派社会学というものを創設して公募により東京工業大学の教官となった。例外的存在だ。

セオさんは、オレが国会図書館に勤務するようになってから、つきあいが生じた。同年代の詩人で詩の雑誌の編集もしていた清水鱗造さんがオレに声をかけてくれ、オレは呼ばれて、たしか新宿中央通り、三越の向かいにあった「プリンス」という喫茶店の二階で行われた詩の雑誌の集まりに顔を出した。セオさんはそこにいた。交友はそれからゆっくりと深まっていった。そのセオさんが、自分にとんでもない友人がいて、この男はいまは無名だが発表機会のない高度な論考を自力で配布可能なかたちにして「頒布会」などというものまで組織していると話した。それが橋爪大三郎で、やがて彼が、瀬尾さんが北川透さんと組織した名古屋の詩人の会主催の吉本隆明さんを囲むシンポジウムに、突然「刺客」のように現れるのをその後、オレは目撃することになる。

いまも彼らとは親しいつきあいが続いている。しかし、他には、いない。オレにあるのは、かつては交友していたのにいまは消えてしまった多くの友だちの思い出だ。また、当時からどうも違和感を拭えなかったが、やはりその後、人間のタチがあまりに違うことから衝突してしまった何人かのもと友人たちとのやりとりだ。

東大に来るような人間の多くは、自尊心が強い。そのことと関係があるのかないのかわからないが、とにかくオレに東大は友人を与えてくれなかった。東大は、クソだ！　がこの本を思いついたときの、オレの「決めゼリフ」だが、それが最初のいつわらざる気持ちだったのだ。

でも、セオさんなどに聞くと、彼らが駒場で「クラス共闘」を組んだ五～六人からなるクラス仲間との交友はいまも続いているという。それは深い信頼に基づくものだという。だとすれば、この命題にもう一つ、加えるほかにないだろう。

オレは、本郷での激動の一年をすごしたあとの、三鷹台のアパートでの二年間、さらにとりわけ世田谷池ノ上の下宿での最後の一年がまた実に奇妙な期間であったといまになって気づく。一九七一年四月から一九七二年三月まで。それは、ほぼ社会から孤立し、脱落して過ごした一年だった。

就活などに奔走もしていたわけだが、一種の「ひきこもり」だったのかもしれん。

そう思ってなかったのはオレだけで。

それから回復するのに、何年かかったか。オレは三〇歳で日本を離れ、三年三ヶ月をカナダに過ごして、だいぶ「あっけらかん」とした快活な男になって帰ってきた。国会図書館の同僚にもその変身ぶりを驚かれたが、たとえば、あの自分のなかの内なる「無期限スト」を解除するのに、カナダにまで行く必要があったのかもしれない。

それまでは、クラい男だったのさ。

オレは、東大はクソだ、誰も友だちが残らなかった、という気持ちで、この文をはじめた。その気持ちに変わりはない。でもオレは発見した。

オレも、だいぶクソだったのだ。

エピローグ

でもこの話はどうしてもエピローグを必要とする。その後オレがどうしたかというと、結局、国会図書館に一四年間勤めたあと、明治学院大学の教師になって、いわゆる大学教授というヤツになるからだ。

おかしいだろう。そう、おかしい。

その顚末まで辿《たど》らないと、この話は終わらない。以後、そこのところまで、断片でたどる。

＊

一九七二年三月、国会図書館に入るに先立ち、新人職員のオリエンテーションがあった。新入試験以来はじめてオレは国会議事堂の隣に立つこの巨大な国の図書館の中に入った。新入職員は、十数名いただろうか。男女比はおよそ半々くらいだった。オレはそこにネクタイをしていった。しかし、一人、男の新人でノーネクタイ、黒いセーターを着てきたヤツがいた。

オレは、ああ、そうか、それでもいいわけだ、思いつかなかったと思い、自分がかなりもうイタメつけられていることを痛感した。以前のオレなら、当然、カジュアルな格好で通しただろうからだ。

たぶん彼は面接試験もそんな服装で通したのだろう。あの「フーテンの夏」の気分はオレのなかでどこにいったか。こんなふうにしっかりと自分の気分を保持してここに来ている男もいるんだとオレは思った。

でも、同時に、そんなにすくすく育たなかった、それがオレの学生生活の「芯」をなしている、という別個の、屈折しながらもそれでよしとする気分も、一方にあった。

＊

その男は、イクハラといって、九州筑豊近くの出身。後でオレの大好きな『ガロ』の漫画家、安部慎一がいったん漫画家をやめて筑豊に帰ったあとどうしているかなど、オレに教えてくれた。鷹揚な男で、オジさんが大リーグのドジャース関係の人物だという。彼はその後出世して図書館の副館長になった。

＊

この年の四月にはじまるオレの就職第一年目は大惨事（カタストロフ）だった。オレにとってもそうだったが、オレを入れてくれた国会図書館、とりわけオレが配属された閲覧部新聞雑誌課というところにとっては、もっと強い程度でそうだったろう。

とにかくもう四年間、恒常的に朝起きたことがない。就職を機に、駒場に行って、杉並区宮前の新しい下宿を見つけ、入らせてもらった。そこの同年の息子さんが大手の鉄鋼会社に就職した。その部屋に入れてもらったのだった。そこのおばさんとおじさんはとても良い人だったが、とにかく朝おばさんが起こしてくれて、は〜い、と返事してもまた寝てしまう。まず、遅刻の連続。一方、オレはオレで、まず課内の人間関係というのに面食らった。

能ある鷹はツメを隠すというが、能のあるなしにかかわらず皆、ツメを隠しているのだった。

オレは課内の洋雑誌係というところに配属された。仕事は三つからなり、一つは、出納の受付業務で、本や雑誌の請求票を閲覧者が提出する受付を担当する仕事、もう一つは、書庫内の出納業務、雑誌は単行本三冊分くらいの厚さで合本されて書庫に並んでいる。その「本出し」の仕事だ。これは受付終了時間の間際になると請求票が殺到してとんだ忙しさになる。そして三つ目が、雑誌の管理。毎月来る雑誌はピジョンホールという鳩の巣(?)みたいに分けられた棚に半年間から一年間そのまま保存され、逐次、合本していくんだが、その整理と管理、合本作業の仕事。この三つをローテーションでやっていく。

オレはこれがもし、アルバイトの仕事なら楽勝だと思った。気の合う大学の仲間と、小さな会社でも立ち上げて、これを仕事だからやれ、と言われても、問題はなかったろう。

しかし、これを、この仕事だけ数十年続けてきたような本心をうかがわせない海千山千の国の公務員のツワモノたちの下で、それも新人の同僚として、いろいろと指図され、また別の意味で歓待も受けながらやっていくのは、これまで「大学解体！」と「無期限スト貫徹」で何年間もやってきたオレにはひときわしんどいことだったんだ。

＊

あるとき、こんなことがあった。

配属されてほどなく、課長がオレを課内の片隅のロッカー室に呼び入れた。そこでいうには、カトーくん、この課にはそもそも大卒の職員は少ない。多くの課員が叩き上げだ。まして東大卒はキミとボクだけだから……と、そのあたりで、課長さんの声が立ち消えた。

というのも、それを聞いているオレがフンフンとうなずきながら吸っているタバコの吸殻をリノリウムの床にそのまま捨てて、足で踏んで消している！　そのとき、オレはそれがとても国家公務員にありうべからざる行為だということにすら思いいたっていなかった。

完全に野生化していたんだね。

この課長とはその後もいろいろと因縁が生まれるのだが、オレは彼のことを気の毒に思っている。彼はとんでもない者をこの図書館が受け入れてしまったと思っただろうが、いまになって考えれば、むろんオレが悪い。彼が正しい。完全に失格者だったのさ。

＊

オレもすぐに順応不能をさとって、医学部を卒業して一応医者になっている旧知の友人にちょっとやっていけない、ついては診断書を書いてくれと頼んだ。そして四月にこの仕事について三週間くらいした頃、早々に二週間の加療が必要という診断書を課長のところにもっていった。そしたら課長は、わかりました、と言いつつ、オレの病名の誤字を指摘した。自律神経失調症——これは間違いではなかった、オレは通勤の満員電車に乗ると汗がとまらなくなっていたからね——。でも、その医学部卒の男はこれを「自立神経失調症」と書いていた。吉本隆明の読みすぎだった。

＊

でもとにかくオレは、休みをとって、この間、山形の家に戻った。で、就職してみたがダメだ、やれん、悪いが辞めることにしたい、と親に言ったんだと思う。しかし、その後、どうするか。オレに成算があったわけじゃない。親の家は退職後の郊外の新しい住宅地で、庭の向こうに広々と田んぼが広がっていた。そんな田んぼの畦道《あぜみち》を歩いているうち、頭も静まってきたんだろう。五月の連休が終わったその日の朝、課の庶務係長から電話が入り、あら、今日から出勤でしょう？　などと東京下町生まれの人の鈴のなるような声で言われたときオレはつい、あ、すいません、忘れてました、なんて答えていた。それでまたそのまま、図書館の仕事に戻ることになったんだ。

＊

ただ最初の年のオレの勤務状況は最悪で、遅刻の時間を合算するだけで簡単に新人職員の有給休暇の日限を超えてしまった。だからその年の一〇月、オレがA子さんとごく小さな結婚式をあげたときにはむろん有給休暇は使い果たしていた。

オレは一日病気と偽り、結婚式だけして、次の日にはまた出勤した。事情を知っている同僚の友人たちは気持ちの悪いものを見るような目でオレを迎えたものだ。えっ？　新婚旅行は、しっかりとした。一ヶ月位たってほとぼりが冷めた頃、また三日ほど病気になって、萩、山口を回った。A子さんと中原中也の生家を見てきたかったんだ。

＊

でも最初の年の有給休暇の何時間かは、別の用事にも使った。その時までまだ文学部共闘会議の裁判闘争が東京地裁で続いていた。それに有給休暇を使って足を運んでいたからだ。もう詳しいことは忘れたが、一人か二人、文学部のノンセクトの共闘会議の仲間でその後逮捕され、起訴されたメンバーをめぐる裁判が続いていたんだ。当時の文共闘の中心にいた助手の大西廣さんが関与していた。文学部では機動隊導入やらその他の対応に抗議して一九七〇年の一〇月に教授の中国語学の藤堂明保《あきやす》さんと歴史学の佐藤進一さんが大学を辞めていたんだが、そのうち、藤堂さんが、裁判の被告側証人に立って何度も証言をしてくれた。それが心強かった。

＊

あるとき、大西さんが図書館で働いているオレに声をかけてくれて、二人で少しだけ話した。もう日本にいてもラチがあかないので外国に行くことにしたと大西さんが言った。キミも元気で。そういって彼は帰っていった。

大西さんはその後、バンクーバーのブリティッシュ・コロンビア大学の客員助教授をへて、ニューヨーク大学美術史研究所の教授になりメトロポリタン美術館キュレーターの職にもつく。その後帰国して武蔵大学、日大芸術学部で教えられたが、雪舟の研究で名高い。

＊

結局オレは、新しく入った国会図書館では「現場」と呼ばれる単純労働を旨とする職場に四年間いた。五年目にやっと新聞雑誌課の外に出られたのだが、その行く先もオレの希望とは真逆で、今度は、全国の大学図書館の洋書の収書カード数十万枚を人力で編集する新収洋書総合カタログを作る部署だった。その時はよほど悔しかったんだろう。オレはもともとグチは言わないタチだ。図書館でのことやらなんでもA子さんには話さない。でも、このときのことは、我が家では語り草になっているんだが、思わず赤ん坊と一緒に入っていた湯船から、「うおぉー」と叫び、立ち上がった。驚いてA子さんが覗きにきた。

この人事は、課の課長補佐レベルでの人事操作に「使われた」ものだった。新しい部署もやはり単純労働の仕事で、オレやオレと同期で人間は純良だがあまりひとづきあいが得意でない――ややキレやすい――Oくんが配属されていた。二人揃《そろ》った頃からその部署は問題ある職員の隔離地域を意味する呼称で呼ばれるようになった。オレはそこに二年の間いた。

＊

その後、何とかカナダ・フランス語圏のモントリオール大学東アジア研究所というところの日本関係図書室の拡充の仕事で、カナダに派遣されるまで、だから六年、オレの二〇代の――自業自得の結果としての――暗い日々は続いた。

オレは六年間、大学でやりたい放題をやったあとだから、六年間その裏をやらされても仕方ないかな、なんてことも思わないではなかった。しかし、今回わかったように、やりたい放題は、最初の四年だけだった。自分でも最後の一年がほとんど「引きこもり」だと気づかなかったのは、うかつなことだった。

＊

国会図書館では東大の仏文科の卒業生たちが一つのグループを作っていて、時々オレのことも誘ってくれた。みんな洒落た、洗練されたよい人々で、後輩のオレをかわいがってくれた。中のひとりはオレが異動したいと思って何度も希望を出しては行けずにいた参考書誌部というレファレンス部門のそれも人文課の課長をしていた。それから数十年がたって、彼が退職するというので開かれた集まりで、その元課長氏が、こういった。

キミはね、見せしめだったんだ、あまりに生意気だというのでね。ボクは何度も人事異動の際、キミを欲しいと希望を出したんだが、カトーだけはダメだ、動かさないと横槍《よこやり》が入った。

オレは、あ、そうだったの、といって笑ったがその笑いは半分、ひきつっていただろう。でも、それは仕方がない。どちらが悪かったかといわれたら、オレのほうが悪かった。よくオレのような人間を、特に最初の四年間、居続けさせてくれたものだと感謝している。

＊

その後、オレはカナダ、モントリオール大学東アジア研究所の図書館の日本部門をまかされて、日本にいるときは思いもよらなかったが、車を譲り受け、運転もするようになった。ヨーロッパを車で三週間ほど家族で走り回ったり、職場の研究所では中国史家のやり手の所長と大喧嘩《おおげんか》したりしながら、だいぶ自由になり、健康にもなった。その後、モントリオールの地で出会った年長者、思想家の鶴見俊輔さんにいろいろなことを学ばせてもらい、これまでとは違うところに出ていくんだが、それはまた別の話になる。

ただ、そのとき、鶴見さんの紹介で後に客員教授で来てもらった京大の仏文学者の多田道太郎さんが、そこでのオレの八面六臂《はちめんろっぴ》の働きぶりに強い印象を受けて——その頃、この研究所の日本部門はほとんどオレ一人の努力で維持されているようなものだった——オレを仕事のできる男だと思ったのが、ちょっとおメガネ違いではあったのだが、その彼が、帰国したあと、新しくできる明治学院大学の国際学部というところに来ないかと誘ってくれた。一九八三〜四年の頃のことだ。

その頃、オレは「『アメリカ』の影」なんて文芸評論を書きだしていて、新進の文芸評論家と目されていた。図書館と文芸評論の二足のわらじを履いていた。カナダから帰国後は、調査局の海外事情調査室という、フランス語の雑誌と新聞の記事をチェックして日本に紹介されていない大事な記事を取り出し訳出するというオレとしては願ってもない部署に運良く配属されていたから、仕事に不満はなかった。ただ睡眠時間がない。それがもう限界に近くなっていた。

もともと、カナダに行く前からオレは家では夜遅くまで発表のメドもないまま、原稿を書いていた。中原中也に関するものだ。いつも寝不足で、一度など、新聞閲覧室の受付をしていて、耳元で受付台がコンコンとなっているからはっと気づいたら、五〜六人の閲覧者が並んでいる。さすがに口からよだれは流していなかったが、図書館の新聞閲覧室の受付の職員が、カウンターで寝込んでいたわけだ。

それが、今度は新たに文芸評論など書くようになって、さらに寝る時間がなくなっていた。それでこの「悪魔の囁き《ささや》」に心がグラリと傾き、多田さんには、少し考えさせて下さい、といって、電話を切った。

*

帰宅し、A子さんに相談したんだが、彼女は、大学がどんなにイヤなところかあなたはカナダでつぶさに見てきたでしょう、そこで教員だけがどんなに特別扱いされて、エバッているか。また、学生のときあなたは「大学解体」と叫んでいたのではなかったか。そのあなたがいま「大学」の教師になるのはおかしくないか、と実に正しいことをいう。

もし、どうしても大学の教師になりたいんなら、家族には迷惑をかけないでほしい。通勤には埼玉から横浜の先まで、二時間半はかかるだろうが、娘の学校が飯能にあることだし、家は引っ越しませんよ。そのつもりで横浜まで行くように、と宣告を受けた。

＊

オレは、悪魔の囁きに負けてかつて「解体」を叫んだ大学の教師になった。二時間半をかけて新しい職場となった横浜市戸塚区まで週に数回、通うことになった。学生のとき「大学解体」を口にし、その後心のなかで「無期限スト」をどうしても解除できないまま何年も過ごした。途中、ある時点で、恩地くんのように、自ら「文学部無期限スト離脱宣言」を心のなかで出す、などということは、そのときなお、オレには考えつきもしないことだった。したがって、学生時代からの問題はうやむやのまま、大学の軍門にくだり、己を枉《ま》げたわけだ。

＊

これはエピローグだから、付け加えておくと、恩地くんは、一九六九年五月、「戦線離脱宣言」を書いたあと、大学をやめた。故郷に戻り、そこで翌年、医大に入り直し、お医者となって、以後、大学とは無縁の生活に入った。

あの東大闘争のなかで「戦線離脱宣言」というものを発想したこの人を、オレは高く評価するが、この人は、そのまま、自分の手にした「思想」を「実行」した。

オレは、この人のように大学闘争の渦中にあって、「無期限スト」のさなか、「戦線離脱宣言」を考えつき、発表し、それを実行するような思想の力をまったくもっていなかった。

そのオレが、自分なりに「無期限スト」に拘泥するなかで、その果て、そこから「転向」していく自分なりの力学と思想を見つけるのには、それからさらに一五年後、二〇〇〇年に書いた『日本人の自画像』という著作での「内在」から「関係」への「転轍」という考え方の発明まで待たなければならない。

尊皇攘夷《そんのうじょうい》派のうちの急先鋒、最過激派の薩長両藩がなぜ他藩に先駆け、これまでの相克を乗り越え、いち早くともに開国に「転向」できたのか。それは、生麦事件、英国公使館焼き討ちなど攘夷活動を徹底するなか、その攘夷行動の徹底の果て、薩英戦争、下関戦争となり欧米列強にコテンパンにやられることを通じて、これでは植民地にされるしかない、と思い知って、それではまずい、と考え方を転換させるところまで徹底的に追い詰められたからではなかったか。

だからそこで尊皇と攘夷とは思想としての境位が違っているのではないか。そこで攘夷が理不尽の感覚に発してしっかりと「人々とつながっていた」ことが、とても大事なことなのではないか。

オレは、そういう二つの教訓が、この尊皇攘夷派の開国派への「集団転向」には秘められている、と考えるようになった。

それゆえ彼らは尊皇攘夷に凝り固まったその「内在」的な思考から、他者との関係のうちから行動指針と行動の意味を割り出す「関係」の思考へと自らの愚直蒙昧な行動の徹底性によって「押し出されていった」。それが、そのとき、オレの得た結論だった。

＊

闇に向かってみんなでボールを投げる。その闇の向こうには壁がある。一番遠くまで投げることのできたヤツのボールだけが、その壁にあたって、コロコロと返ってくる。というのが、その「転向論」の力学の要諦だ。でもこういう自分なりの答えを出すのに学生時代から数えて、三〇年、いや四〇年近くはかかった勘定になる。

＊

オレは深く混迷した。しかし、この混迷は結局オレの思想をめぐる問題意識の原型をなすことになった。オレの吉本隆明さんへの強い関心も、吉本さんが自分の戦中期の皇国思想からどう、何を理由に離脱することになったかという問いから生まれた。戦時期の皇国思想も言ってみれば「無期限スト」のようなもので、誰もそれに対し「戦線離脱宣言」を自ら生み出すことが出来なかった点、二つは相似形をしている。吉本さんはその答えを、一九五八年、「転向論」の形で世に問う。

だからけっしてこれはエバレることではないのだが、それでも、いま、改めて思いあたることは、その後のオレを動かしてきたのは、全部、あの大学の最後の四年の経験だったたということだ。

その後、文芸評論家として、オレは何度か、その折々の流れのなかでときの多数派とぶつかってきた。そして孤立を強いられ、多くの貶辞《へんじ》にさらされてもきたのだが、いま考えると、すべてその衝突の淵源をなすオレの原体験が、ここに述べてきた学生のときの最後の数年間の経験だった。そう言ってよいような気がする。

騒がしい午前。

一瞬の光芒《こうぼう》の後静かに迫ってくる夕闇。

そして夜。

東大という一度は捨てた硬いクルミの殻のなかに、オレというちっぽけな空洞が隠されていた。

オレはそこをいまにぎやかな言葉のバターで満たしたところだ。

東大闘争簡略年表（文学部を中心に）

1967年	
10月4日	文学部、「10月4日事件」。
8日	一〇・八羽田闘争、山崎博昭くん死亡。
11月12日	一一・一二羽田闘争（第二次）。
12月22日	文学部教授会、仲野雅くんを「学生の本分にもとる」行為を行ったとして無期停学処分。
1968年	
2月19日	医学部「春見事件」（～20日）。
3月11日	医学部教授会、退学四名を含む一七名処分。
12日	医学部学生、医中央館占拠。
6月15日	医学部学生、安田講堂占拠。
17日	東大当局、機動隊を導入。
20日	法学部を除く九学部が一日ストライキを行う。
26日	文学部、無期限スト突入。その後法学部を除く他学部がこれに続き、無期限ストを決議していく。

7月2日	安田講堂占拠（第二次）。
5日	東大闘争全学共闘会議（東大全共闘）結成。
16日	全共闘、七項目要求決定。文学部不当処分撤回、要求項目に加わる。
8月10日	東大当局、「八・一〇」告示、豊川行平医学部長・上田英雄病院長更迭。
30日	民青系の学生自治会中央委員会が全共闘の七項目要求に対抗して四項目要求を提示。 文学部不当処分撤回は入らず。
9月4日	文教授会、仲野くん処分を「解除」決定。
10月12日	法学部、無期限ストを決議。これで全学が無期限ストに突入。
21日	国際反戦デー。新宿騒乱。
11月1日	大河内一男総長・全学部長辞任、豊川前医学部長・上田前病院長退官。
4日	新執行部、加藤一郎を総長事務取扱（代行）に選出。文学部林健太郎新学部長、団交、カンヅメ開始。林文学部長、仲野くん処分の不当性を認めず。「監禁」が以後、八日間にわたり続く。
12日	林文学部長、ドクターストップで解放。 全共闘と民主化行動委員会、全学封鎖を巡り総合図書館前で激突。
16日	加藤総長代行、全共闘のほかに統一代表団準備会（民青系）と接触、以後、交渉相手とする。

12月2日	加藤総長代行、「学生諸君への提案」を発表。「八・一〇」告示、医学部処分、六・一七の機動隊導入を誤りとする反面、文学部処分は撤回せず、追加処分は行わないが林文学部長「監禁」は例外とすると述べ、文学部不当処分問題を東大闘争から切り離す姿勢を示す。
12日	文学部学生大会、スト実提案「加藤提案拒否・七項目要求貫徹」を可決。
14日	法・経・農・工・育・養・理七学部代表団（民青系を含む、医・薬・文を除く）、東大当局に公開予備折衝の開催を要求。
29日	坂田道太文相、東大入試中止を決定。
1969年	
1月10日	秩父宮ラグビー場で七学部代表団と大学側の集会。一〇項目確認書。文学部処分については、仲野くん処分が「旧来の処分制度への反省の契機となったことを認め」、これを「新しい処分観と処分制度のもとで再検討する」と述べられ（第二項）、文教授会の立場が追認される。
18〜19日	東大当局、機動隊を導入。籠城する全共闘学生とのあいだで、安田講堂攻防戦。
3月10日	文学部、民青系によるスト解除のための学生大会を全共闘系学生が阻止。
17日	文共闘主導の文学部学生大会、「スト体制強化」を決議。
9月6日	文学部国文学科大学院生の手で「国文科追及集会」が開かれ、築島教官、仲野くんの「対質」が実現。文教授会の事実誤認が当事者（築島教官）の口から明らかにされる。

29日	秋学期より文学部を除く全学部で授業が再開されたのを受け、文教授会、仲野くん処分の「取り消し」を決定。しかし処分は「当時の教育的処分制度に則って適切になされ、誤りではなかった」と言明。文共闘は反発。
10月9日	東大当局、文学部授業再開に向けて機動隊を導入。藤堂明保、折原浩など文学部、非文学部の教官が抗議。折原教官は、文学部処分の事実誤認を指摘、総長と文学部長に話し合いに応じるよう要求するが機動隊に排除される。その後、折原教官は『朝日ジャーナル』誌に「東大文学部問題の真相——なぜ機動隊導入に抗議したか」と題する論稿を発表（10月26日号）、これに対し、堀米庸三文学部長が「折原論文に事実の誤り」と題する「反論」を同誌に寄せるが、「事実誤認」を実質的に認める記述を行う（11月2日号）。
12月	文学部、この頃までに実質的に授業再開さる。

あとがき

この本は、二〇一九年三月、病気入院をへて加療中の都内の病院の病室で二週間で書いた。

本文に書いたように、私には大学時代からそのままいまに続く友人というものが同窓の東大出身者に限っては皆無である。大病のあと、自分の周りにいる友人が、すべて大学を離れたあとにできた友人たちであることに気づき、東大という大学はいったい自分にとって何だったのか、と思ったことが本書を書こうと思ったきっかけである。そのとき「東大はクソだ！」という文句が浮かんだ。その思いはこの本を書いたいまも変わらない。

＊

これまで自分は乏しいながら知力の限りを尽くして仕事をしてきた。その結果、エンジンが焼ききれたという実感があり、今後は、もっぱらその頃に比べれば三〇％程度に落ちた知的能力に自足して、低速の仕事を楽しむようにしようと考え、ゆるい仕事として、自分の愚かな学生時代の回顧談を書いてみようとおもった。

しかし、読んでもらえばわかるように、途中でこれが自分にとって「パンドラの箱」を開けることになると気づいた。その後の私の仕事のすべての原点がこの学生時代の、とりわけ「東大闘争」と呼ばれた時期の愚行と反抗心と不羈の気分のアマルガムのうちにあったこと、しかもここに現れた難題を私が「解決できなかった」ことにあったこと、その全体の姿が、私の前に明らかになったのである。

「東大はクソだ！」にはじまるこの本は、「オレもクソだった！」の発見で終わった感がある。

＊

しかし、そもそものところは、東大闘争などという深刻めいた前世紀のできごとを、自分の軽薄な学生生活の一コマとして、いまの観点から、あっさりと、突き放し、一個のドン・キホーテ的な愚行として描ければ、いまの若い人にも面白かろう、かつてこんな時期があったと知ってもらうのも、悪くはなかろう、という「軽い」気持ちに促された。受け取ってもらいたいのは何よりこの気持ちのいい加減な「軽さ」である。病み上がりの頭で一気に一筆書きの要領で書いたが、そのようなものとして「軽く」読んでいただければ、書いた人間としては、ありがたく思う。

それ以外の要素は、受けとってくれる人がいれば低頭して感謝するばかりである。

なお、本書に現れる人物の名前は、一人の例外を除き、学生時代の友人はすべてカタカナ名の仮名にしてある。本文にも書いたが私自身の記憶に自信が持てないのと、確認が現実的でないのと、相手に生活上の迷惑をかけたくないという事情に基づく。これに対し、実名表記者は、ほぼ何らかのかたちで自ら実名で文章を発表してきたひと、学生同士の友人関係ではないばあいに限定した。

一人実名で登場することを肯《うけが》ってくれた芝山幹郎氏に感謝する。

最後に、本書を書くにあたり、友人瀬尾育生に大変に世話になった。またここには名を記さないが友人の何人かには記憶の誤りを正してもらった。また、集英社新書編集部の渡辺千弘さんに、さまざまな便宜をはかってもらった。その名を記して、感謝を申し述べる。

二〇一九年六月

埼玉県の居宅にて
加藤典洋

＊あとがきの日付は生前、著者が記したもの。（編集部註）

解説

瀬尾育生

この原稿を書き始めている今日は、二〇二〇年五月十六日、加藤典洋がこの世を去って一年が経った日である。人々は、〇〇さんが亡くなって、早いものでもう一年が、などと言う。だがそのような言葉をためらわせるような何かがこの時間の流れの中にはあって、ことによるとあれからもう十年、二十年が経った、と言ってもおかしくないような感覚が、私たちの肌に、来るのである。加藤の死後、さまざまなことがあった。そうして年があらたまると、こんどはたちの悪いウイルスが全世界に拡がって行き、数百万人の人々が感染し、数十万人の人々が死に、いまも感染は拡がり、人々はいまも死に続けている。私たちの社会は風景も空気も変わってしまい、私たちがこの世界を考えるときの、それまで慣れ親しんだもっとも基本の様相が、気づいてみるとすでに半ばは過去のものとなっているかのようだ。加藤を、先陣をきる人々の一人として進んできた私たちの思想と文学の隊列は、その行き先を失ってしまったのだろうか？

いま加藤典洋は何を言うだろう？　一九九〇―九一年の湾岸戦争のときにも、二〇〇一年の九・一一のときにも、二〇一一年の東日本大震災と原発事故のときにも、自分の思考を根こそぎ問い直し組み替えるようにして生命を更新してきた、このしなやかで強靭な思想家がいま何を言うだろうか？　それを私たちは固唾をのむようにして聞こうとしていたはずだ。もしも彼が生きていたならば。

＊

ところでいま読者の前に差し出されたこの本は、そのような本ではない。若い友人たちを前にして胸襟を開き、卓上にワイングラスがあればそれを傾け、といった風情で青春を語る加藤典洋がいる。読者はそのことに戸惑うかもしれない。彼がこんなに無防備に語るのを聞いたことがなかったからだ。この本が書かれたのは、死の二か月ほど前のことである。防備しようにも、もう体力が残っていないのだが、書くことは、生きている限り終わらない。だが加藤にとってはきっとそうだったに違いないのだが、書くことは、というよりも、書き続けている限り生きることとは決して終わらないだろう、という希望とのあいだで、危うく綱渡りするように、この稿は書かれたのである。

重症の肺炎で死線をさまよった一か月——その経過は、ここで私が書いているような平静な叙述を寄せ付けるようなものではなかったのだが——の後で、あたらしい文体を死から持ち帰ってきたのだと、加藤はある日のメールで書いていた。

《その結論は「東大はクソだった（オレにとっては）」というもので、そういう結論のもとに、この時代の自分、一九六六年から一九七二年について、内側からへろへろと書こうというのです。実は、そういうものは（これまでに）まったくない。全部、深刻であったり、なんであったりなので。しかし深刻もクソもない。そういう文体で、六六〜七二年を書ける。その「散文」というものを、死をくぐって発明した。題して、「オレの東大物語」。

これを今年の末から集英社のPR誌に一年、連載し、その後、集英社新書に入れます。今後は、批評は一部例外を「凍結」した以外は、一切手を染めない。あとは「詩らしきもの」と「へろへろの軟弱語り」の二本立てで、それぞれ考えてゆこうと思っています。》

＊

肺炎を発症する少し前、加藤は幼児のときザラ紙に書きなぐっていた何か模様のような線のことについて書いている。「へろへろの」ではないが、なにか「ぐちゃぐちゃした」線についてだ。

《幼い頃、私は紙とエンピツさえ与えておけばいつまでも留守番している子供だったということを一四年前に死んだ母が言っていた。そのころ私は言葉なんて知らなかった。ただ紙にぐちゃぐちゃと何かの図柄を書きなぐっていたのである。

しかし、それが考えるということなのではないか。

考えるということの原質は、まずエンピツを手にもってザラ紙に意味のない模様を書きなぐることなのではないか。そしてそこから湧いてくる感情と出会うことなのではないか。》

（「入院して考えたこと」二〇一九年一月）

この話は、偶然だが、まったく別の人が書いた別の文章を、私に思い出させる。画家で美術批評家の矢野静明が、前衛演劇の演出家豊島重之とかわした会話について書いている。二人はフランシス・ベーコンの、ふつうにはほとんど論じられることのない後期作品について話している。豊島はつぎのような言葉を口にする。「矢野さん、あれはレイト・ワークですよね」。「そう、レイト・ワークですね」と矢野は答え、そのとき、一九七七年の展覧会『セザンヌ、ザ・レイト・ワーク』に接して、セザンヌへの言い知れぬ畏怖の感情を抱いたときのことを思い出している。矢野は書いている。

《レイト・ワークとは、後半期の仕事、つまり仕事の終わりを意味するのではなく、終わりの後の仕事を意味する。終わりの後の仕事は決して終わらないし、終われない。それはすで

に終わりを通過した後の仕事であるからだ。》

（矢野静明「レイト・ワークをめぐる対話」二〇一九年十月）

この会話には前段があって、その数年前、矢野は豊島の兄である豊島弘尚の生前最後の個展をおとずれて、すでに高齢で病とともにあった画家の、晩年の線描をまとめた紙束のようなものを見る。それはもはや絵画として構成されないままに紙の上に撒き散らされた糸くずのような線の集合だ。だがこの糸くずのような線の集まりはそのまま、レンブラントが高齢になった母親の顔を描いた銅版画のなかの、顔の皺を描く、震えるような無数の線を思い起こさせる。

《（画家は——引用註）もはや元気な頃に手掛けられた油彩の大作はもちろん、小さなキャンバスにさえ絵の具を思うように定着できないのではないかと思えた。身体の衰えは、画家にとっては画面の衰え、絵の具を物質としてコントロールできない衰えとして姿を現わす。ただ、衰えは残酷であると同時に、力が漲《みなぎ》り充実した生を送っている間は姿を見せず奥に潜んでいる闇の力を押し出してくる。力なきものの力として姿を現わすのである。そこには、別の生の姿が現われてくる》（同）。

もしも創造ということが、生気と力に満ちた人間が、明晰な頭脳と隙のない綿密な準備とによってなすべきものなのだとしたら？　書物というものが、堅固な知の構築と、考えられる批判に対して十分に身構え、防御に体を固くして書かれるべきものなのだとしたら？　もしそうだとしたら、書物の価値は、頭の良い人が、明晰な意識で、しかるべき調査研究を経て書かれることをよしとする、つまり学者の業績評価や、学生の論文評価と同じようなものになる。その基準を満たさないことを、その書物の瑕疵であるといい、その書き手の衰弱であるというなら、私たちの創造行為は、私たちの生命とのあいだで、かけがえのない接続関係を失うのではないだろうか？

*

このような生命と創造との関係は、加藤自身が、たとえば中原中也の詩について考えながら、遠い昔から問い続けていたものだった。そのことは、彼がまだ十分に健康であった二〇一四年の『人類が永遠に続くのではないとしたら』のなかでも変わらない。彼は書いている。――われわれはすでに「有限性」の世界に踏み入っている。ここで「有限性」という語は、増殖する人類に対して環境としての自然が有限としてあらわれるということではない。語られているのは、人類自身が、ヒトという生物種として、すでに超過生存（オーバーシュート）、つまり「ながく生きすぎた」段階に入っている、ということについてである。そこでどういうことが起こるか。

現在の語法なら、ライフ（生）という一つの語で呼ばれているものが、古代ギリシャでは、ゾーエー（生存）とビオス（生活）とに分離されていた。「ただ生きているということ」と「言葉を（意味を）生きるということ」との二つだ。この二つの「生」については、古典哲学以来、たんなるゾーエーではなく、ビオスを立ち上げる力こそが人間を価値づける、と考えられるのがつねであった。二十世紀、この用語法にあらたな光を当てたハンナ・アーレントも、この遠近法にしたがっている。だがゾーエーとビオスとの関係は、この超過生存の時代において、変更されなければならないのではないだろうか。

すでにフーコーは、「死なせるか生き延びさせるか」という古い権力にかわって、十七世紀古典近代以降あらわれた、「死んでいくものを死なせず、生かしておく」新しい生政治の権力について語っていた。ゾーエーということの意味自体が、そのときすでに変化しているのだ。一九九〇年代はじめジョルジョ・アガンベンは、このようにビオスを奪い取られてなお生き延びさせられているゾーエー、もはや人間ではない――生き物としての――生存、たとえば強制収容所のなかで、ただ生かされているだけの「剝き出しの生」こそを、思想の主題としてとりだすにいたる。

加藤は『人類が……』の後半部で、これらの思想の文脈に沿って語っている。その一節。

《ここにいわれるフーコーの生権力のありようの一番私たちにとって身近でわかりやすい例は、病院での入院生活、とりわけ終末医療の現場での患者の「生」の状況だろう。そこで患者は、普段の療養生活ではそうは見えなくとも、医療対象として、ゾーエー（生物としてのヒト）とビオス（言葉を話す社会的存在としての人間）に分離させられ、生きている。そのため、医療者と患者とは、患者が元気なあいだは、ゾーエーとビオスとの両面で交渉・交際しているが、病態が昂進すると、患者は医師の目にゾーエーとして現れだす。そしてしまいに病態重篤となり、意識を消失させると、以後彼はビオスであることをやめたゾーエーとして、なかなか死なないままに、身体に管を通された状態で病床にあり続けるのである。》

そしてこう続ける。

《ところで、世界の有限性が明らかになるなかで生きるとは、つまり限界超過生存（オーバーシュート）の状態で人類が生きるとは、ある意味で、人類全体が巨大な終末医療のホスピスに入るということではないだろうか。》

思考するということは、いまや「生存」から「生活」へと、言葉や意味の明るみのなかへ「上ってゆく」ことなのではない。思考は、「ただ生きているということ」のなかに身を沈めるようにして行われる。ビオスをゾーエーの上に立てるような思考によってではなく、「人間」が、じつのところゾーエーとして生きる「ヒト」でしかないというところから、考えをはじめなければならない。全身を「ただ生きているということ」の中に浸し、そこから「言葉を（意味を）生きること」を見上げるような、「ヒト」のまなざしこそが（レイト・ワークこそが）、これからさき、私たちに不可欠なものとなる。なぜなら、個人としての私たちがではなく、いまや人類が、全体として、そのようなオーバーシュートの場所へ入り込んでいるのだから。

＊

『人類が……』のこの箇所が書かれたのは、二〇一三年の十月か十一月のことだ。ここには世界思想の上に大きく翼を広げた加藤がいるように見える。だがこの本は、堅固な知の構築によって、考えられるかぎりの批判に対して十分に身構え、防御に体を固くして……書かれた本なのではない。稠密《ちゅうみつ》な思考とはまったく異質な亀裂が、この本の真ん中を走っているのだ。

加藤はこの論考連載中に、息子の良君を不慮の事故で失っている。「あとがき」にはこう書かれている――《彼は私に人が死ぬということがどういうことであるかを教えてくれた》。《それは人が生きるとはどういうことか、ということでもある》。死はもっともプライヴェートな秘められた出来事だから、人々からは隠れたところで、身を折り曲げて嗚咽しながら、だが同時に、死者が世界を見上げるような視線で、一冊の本を「普遍的」に書かなければならない。そのためにいわば歯を食いしばって、この生気を、元気を保っているのだ。

急性骨髄性白血病という病名を告げられるのはそれから五年後、二〇一八年の十一月末のことである。以後、フーコーの生政治に触れて書かれた先の引用箇所の問題が、加藤自身のことになる。この病気はいうまでもなく命にかかわるものだが、加藤の場合、それがさらに難しい合併症をともなっていて、抗がん剤による治療と、さらにそれを越えた別の治療のあいだで選択を迫られることになる。さらに年が明けて一月九日、重篤な肺炎が彼を襲う。本筋の治療をいったん棚上げにして、まずこの肺炎に対処しなければならない。それは出口の見えない、長い苦しい時間だ。「高熱が続き、」「数日以内に亡くなる可能性が高い」「助かる可能性がゼロとは言えない」などの言葉がとびかうなか、ベッドの中で輾転《てんてん》としている。だが二月はじめ、奇跡的に白血球が回復をはじめ、血小板が増加の兆しをみせる。どうやらこの肺炎で死ぬことはなさそうだ、という光が見えはじめるまで、一か月かかった。肺の状態は戦場跡のようだが、二月の半ば、都内の病院へ転院して、かろうじて本筋の治療の線路へ戻ろうとしていた――まさにこの時期、いま読者が手に取っている、この本が書き始められたのである。

＊

《当初、オレは、それをいまのオレの観点から、「あっけらかん」とした視点でさっと描いたら、いまの若い人にもこれがどんなできごとだったのかわかり、ある程度は面白がられるし、そこで起こったことが共有されれば、それは現代人にも有益なことだろう、くらいの気持ちで、このできごとに触れてみようと考えていた。何しろ、これまで六〇年代後半から七〇年代初頭にかけての学生の反乱、学園闘争などについて書かれたものは、小説でもエッセイでも、沈鬱で、情緒的で、くら〜いものが多い。そうでない文体でこのできごとを内側で経験した者の目で描けたらさぞ面白かろうと、明るい気分で思っていたのだ。

しかし、あらかじめ白状しておくと、やってみてオレはこのことが、オレにとってパンドラの箱を開けるのにも似た、過去の冥界めぐりの入口になることに気づいた。思っていたよりも、もっと深く、オレはこの時代のオレ自身の経験に囚われている、囚われてきたことに気づかされたわけさ。でも、途中で引き返すことはできない。このまま進む。》

これがこの本の真ん中、折り返し点に置かれた文章だ。

自分にとっていちばん重いことを、「明るい」「あっけらかんとした」文章で書く。読者はすぐに思い当たるだろう、これは加藤がハンナ・アーレントの『イェルサレムのアイヒマン』について、最初につきあたった問いと同じ形をしている。

《（この本の初出連載は――引用註）あの瀟洒な「ニューヨーカー」誌に掲載され、これだけの重い主題を扱うのにこの文の調子は、ちょっと軽すぎるのではないか、というたとえば、ゲルショム・ショーレムの批判を呼ぶ。（……）人々はその不謹慎な「軽い」調子に憤ったが、「なぜ軽い調子で書くのか」、これも、当時誰ひとり彼女に問おうとしなかった、もう一つの「なぜ」ではないだろうか》

（「問いの先、問いの手前」一九九六年十一月）

加藤の答えがどのようなものであったのか、私たちはいま「語り口の問題」（『敗戦後論』所収）のなかに読むことができる。さしあたりはこう言える。なぜ「軽い調子」で書くのか。ほんとうの問題は、人々が「重い調子」によって思わず、ひた隠しにしてしまう、その場所にこそ、潜んでいるのだからだ。「軽い調子」は、その「重い調子」の扉を押し開く、「力なきものの力」を隠しているからだ。

「あっけらかん」とした視点でこの語りを貫こうとした。だがある所へ来てそれが不可能であることに気付く――そんなふうにしか、ほんとうの問いには行き着けない。著者がしばしばそういう場所に立ちつくしていることは、読者にもあちこちで感じ取られる。どんなに胸襟をひらいた文章を心掛けたとしても、その背後から「つきつめた表情」が滲みだしてくる。そんな場面に読者は何度も出会う。自己否定・大学解体・授業復帰・大学院進学・連合赤軍……そこで読者は息をつめて行方を見守る。こんな文体を選んでいるのに、どうしてここまできて、これほどにきつい場所に入り込まなければならないのか。「生存《ゾーエー》」が危機に瀕しているこんなときに、なぜ半世紀も前の、あやうい青春期のことを書かなければならなかったのか。

大学闘争とそのあとの精神の屈折が、その後の加藤の、そしてわれわれの同世代の精神の攪乱状態を、外界に向かって解き放ったパンドラの箱だったからだ――それだけだろうか？　この時代が、加藤がその後思想の半生を捧げることになる「戦後」という時間を、胚珠のように内に凝縮し封じ込めている時間だったからだ――たぶんそれでも言い尽くしたことにならない。そこにはもっと生命にねざした、何か自然史的な、といってよい意味が、こめられているような気がする。

＊

二〇一九年の二月末ようやく転院先の病院の個室に落ち着いた加藤は、免疫力がかろうじて回復しているわずかな日に訪ねて行った私たち夫婦に、いま毎日二、三〇枚原稿を書いているんだと言った。私たちはおどろき、それじゃあ入院じゃなくて、締め切りに追われてホテルにカンヅメにされているようなもんじゃないですか、と言った。まるで書く病気ですね、と私たちは言ったが、ホンモノの書き手は、きっとそんなふうなのだろう。前年末にもそういうことがあった。病名の宣告を受けるのと同時に、加藤は自分にとってあたらしい表現――「詩のようなもの」を書き始めた。以後ほとんど毎日一篇が書き続けられ、のちに『僕の一〇〇〇と一つの夜』という「詩集のようなもの」になる。一篇一篇は厚子夫人を第一の読者として書かれたが、すこし遅れて私たち夫婦にも送られてきて、その時期私はそのうちの何篇かを活字にする手伝いをした。これらのことなしに、加藤の最後の日々に私たちがこんなに近くから立ち会うことはなかっただろうと思う。二月末から毎日二、三〇枚書き続けていた、という原稿がどのような内容のものか、そのとき私たちは知らなかった。原稿をコピーし簡易製本した『オレの東大物語』が集英社の渡辺千弘さんに、そして私たちにも送られてきたのは、三月二〇日ころだと思う。

最初の予定では、この本の完成はまだ一年も先のことだった。大学時代のことを書こうという企図はしばらく前から加藤の中にあったのだろう。だがそれがこのような身体と心の条件のなかで、一気に、一筆書きのようにして書き上げられることになったのは、おそらく著者にとっても思いがけないことだったにちがいない。そして周囲には、この突然の、無防備な成立に疑義をとなえる人もあったかもしれない。この本の擱筆《かくひつ》から刊行に至るまでためらうような時間が経過しているのには、たぶんそのような事情もあったのだと思う。

だがそのような恐れについてなら、これまでいつも押し寄せる敵意の中で書き続けてきた加藤が、知らないはずはなかった。彼の本にはいつもある、考えに考えを重ねるような記述の稠密さ、問い直し問い返す思考の重層、といったものがこの本では捨てられている。そのかわりに、それらの配慮よりももっと大切なものが置かれなければならなかった。死を前にして、すべての防御を振り払うようにして書かれるという、このことの取り換えのきかない大切さ、があるのだ。

＊

この本の中で、心を無防備に開いた語りの聞き手として想定されているのは、著者の同世代の人間たちではない。いちばん身近な存在で言えば、娘の彩子さんか、すでに亡い息子の良君がそうであるような、加藤の学生時代などにまったく面識のない、若い世代の人々である。その人たちこそ、この本の内容に対して、出版をためらわせるようなどんな力とたたかってでも、私たちこそがそれを読みたいと言う十分な理由があるし、また当初この本の完成のために想定されていた一年ほどの時間よりもずっと早く、そしてこの本の「あとがき」に記された「二〇一九年六月」よりもさらに早く、とつぜん——しかもとても苦しい経過で——やってきた死に、抗議する正当な理由があるはずだ。著者はその人々に、どんなに急いでも、この本を書き上げて届ける必要があった。

彼の死後、三冊の本——『大きな字で書くこと』『僕の一〇〇〇と一つの夜』、そしてこの『オレの東大物語』が世に出た。この三冊のなかには、これらが自らのレイト・ワーク——「すでに終わりを通過した後の仕事」であることの意味が、書き込まれている。たとえば「もう一人の自分をもつこと」(二〇一九年三月)のなかではこう語られている。——自分は批評家としての仕事の中で、社会的・政治的な主題へと、避けようもなく引き寄せられていった。だがそこにはつねに紙一重の距離が保たれていた。

《それは、右にあげたような社会的・政治的なことがらを扱うに際し、私のなかには、これらのことは大事だ、しかし、人が生きることのなかにはもっと大切な事がある、それに比べたら、こうしたことがらは、重要ではあるけれども、結局、どうでもいいことだ、というような「見切り」の感覚が、つねにあったということである。

それは、社会的なことがらがどうでもいい、ということではない。『敗戦後論』で私は二〇〇を超える批判を受けたが、自説を改めようとは思わなかった。堅持した。しかし、同時に、これは自分が生きることの一部にすぎない。窓の外にはチョウチョが飛んでいる。親子が公園を歩いている。もっと大事なことは、そちらにある、という感覚が、つねに私の脳裏を離れなかった、ということである。》

＊

加藤はさらに、こう続ける——
《自分のなかに、もう一人の自分を飼うこと。ふつう生活している場所のほかに、もう一つ、違う感情で過ごす場所をもつこと。それがどんづまりのなかでも、自分のなかの感情の対流、対話の場を生み、考えるということを可能にする。》
「もう一人の自分」は、深い廻廊のようなところをめぐっている。それがいつ、どのようにして自分から分かれ、やがてまたもどってきて、自分のなかに棲みつくにいたるのか。——正方形を横に二つ並べた図を考える。「人生」の前半と後半だ。左側の正方形には右下がりの対角線が、右側の正方形には右上がりの対角線が引かれている。そしてそれぞれの対角線の下側にはゾーエーと、上側にはビオスと書かれている。一人の人間の生はその前半でゾーエーを押しのけてビオスの領域を無限に拡大してゆく。だが後半になると、ゾーエーはふたたび力を増して、次第にビオスを押し上げてゆき、ついにその人の生の全体を覆ってしまう。その水深のちょうど半分のところに水平の線が引かれていて、それがビオスとゾーエーが互いから分離し、しのぎを削っている界面なのだ。そこで一人の自分が「もう一人の自分」と分かれ、やがてまたもどってきて、そしてついにその一方を、自分のなかに棲みつかせるにいたる。

いま病床で、後ろ半分の対角線がこの水際を通過しようとしている。生命が、陸地からまた水中へと帰ってゆくときの波打ち際から声をあげている。半世紀前に、水中から陸地へと、波打ち際を逆向きに通過していった生にむかって、声を上げて呼びかけているのだ。

＊

ふたたび『人類が永遠に続くのではないとしたら』にもどると、そこにはライプニッツの「組み合わせ術」のことが書かれている。「することができる」＝可能的なもの、「することができない」＝不可能なもの、「しないことができない」＝必然的なもの、「しないことができる」＝偶然的なもの……というリストだ。アガンベンはこのリストをアレンジして、そこに「することもしないこともできる」という力能を見出し、それを「偶然性《コンティンジェンシー》」と呼ぶ。加藤はこの「偶然性《コンティンジェンシー》」を、あらたな「有限性」の時代のなかでの、私たちの「自由」のあり方を指し示すものとして、とりだしている。

ところで、いま私たちはどういう場所にいるのだろう。二〇二〇年になって私たちがとつぜん直面させられた世界では、「生存」しようと思ったら「生活」を極限まで縮小しなければならず、「生活」しようと思ったら「生存」を危険にさらすしかない。私たちは、ビオスとゾーエーが排中律をなすような世界のなかに置かれて、そこで生きてゆけと言われている。もう一つの別の組み合わせ——「することも、しないこともできない」が浮上してきた。

その場所に、二〇一四年の加藤の『人類が……』のなかの言葉を、置きなおしてみる。

《私たち人間は、いまやビオスとしての自分とゾーエーとしての自分の絶対的分離を、自分の中に含みつつ、生きている。かつてはそれは生権力の統治の効果として語られた。(……)でもいまは、生政治という以前に、この絶対的な分離が、有限性の時代に生きる私たちみんなの生の基本的な条件、基礎的条件なのである。

この絶対的分離がいまもフーコーやアガンベンのいうように生権力の統治の効果のままなのだとすれば、私たちはこれに抵抗しなくてはならないだろう。でも、そうでないのだとし

たら、私たちが抵抗しなければならないことは同じでも、その抵抗のあり方は、変わってくる。》

いま何ものかが私たちに言う。「だれだって生存したいだろう?」「生存ということの威力にはだれもかなわない。それがすべての人間の、有無を言わさぬ第一の問題であることに、だれも逆らえはしないだろう?」——このような合意を迫る言葉たちが、あたりを覆いつくしているとき、抵抗とは、どのようなものになるか? 加藤は書いている。

《それは、人々に生き延びることだけを考えさせる、そういう力への抵抗である。(……)『成長の限界』の著者たちにおいてそうであり、現在の国際組織の環境政策の決定者たちにおいてもまたそうであるように、ビオスとしての理性的な観点に立ち、世界をどうすべきかと考えると、人々がゾーエーとして見えてくる——ゾーエーとしてしか見えてこなくなる——、という、有限性の言説が有限性の世界ではじめてもつことになる、人をうむをいわさず生きることへとせきたてる力としての生権力に対する抵抗なのである。

(抵抗すべき対象として——引用註)ここにあるのは、人を一元的な目標にまとめようとする力としての生権力である。人はパンだけで生きるのではないというイエスの言葉が、信仰してもしなくてもよい自由の中で自分を信じてほしいという大審問官の劇に語られるイエス

の言葉に、この地点で、重なる。》

この抵抗のなかでは、人間はパンのみにて生きるものではない、というイエスの言葉を、ゾーエーが――ほかならぬ「ただ生きているということ」が、言うのである。

*

病室で、海面に身体を浮かばせるようにして、そうだ、あのとき窓の外にチョウチョが飛んでいた、親子が公園を歩いていた、という呟きとともに語りだしているのは、いま陸上から水中へ降って行こうとしている自分が、かつてここを、水中から陸上へ向かって歩いて行った「もう一人の自分」と、半世紀をへだてて逆向きにすれ違おうとして、波打ち際で出会っている物語だ。

加藤の仕事は、明晰に理路を尽くして書きつがれ、それは世の人々を動かした。文学的であるばかりでなく、社会的・政治的な洞察を語っている。だが表側からは見えにくいところに、「もう一人の自分」を抱え込んでなにか抑えきれないほどに過剰なものとなった自分がいつもあって、生と死との境界線を越えて行ったり来たりしている。そこでは生者と死者とを繋ぐことが、つねに変わることのない主題になっている。この過剰さによってこそ加藤は、書くヒトであり、おそろしいほどに読むヒト・書くヒトであり、おそろしいほどに考えるヒトであり、そしておそろしいほどに生きるヒトだった。どんな難所に出会っても、おそろしく柔軟に、強靭に生きるヒトがいて、この時代を駆け抜けていったのだ。

その姿を、この本は、紙とエンピツを与えられて留守番をしている幼い子供が、かつてザラ紙に「書きなぐって」いた線のような、「生存」そのものであるような言葉で、ありありと私たちの目に浮かばせる。

加藤典洋　単行本著書目録

アメリカの影　昭和60年4月　河出書房新社
批評へ　昭和62年7月　弓立社
君と世界の戦いでは、世界に支援せよ　昭和63年1月　筑摩書房
日本風景論　平成2年1月　講談社
ゆるやかな速度　平成2年11月　中央公論社
ホーロー質　平成3年8月　河出書房新社
日本という身体――「大・新・高」の精神史　平成6年3月　講談社
なんだなんだそうだったのか、早く言えよ。――ヴィジュアル論覚え書　平成6年3月　五柳書院
この時代の生き方　平成7年12月　講談社
言語表現法講義　平成8年10月　岩波書店
敗戦後論　平成9年8月　講談社
みじかい文章――批評家としての軌跡　平成9年11月　五柳書院
少し長い文章――現代日本の作家と作品論　平成9年11月　五柳書院
戦後を戦後以後、考える――ノン・モラルからの出発とは何か　平成10年4月　岩波書店
謝罪と妄言のあいだで（『敗戦後論』韓国語訳）　平成10年10月　韓国・創作と批評社
可能性としての戦後以後　平成11年3月　岩波書店

日本の無思想（新書）　平成11年5月　平凡社
戦後的思考　平成11年11月　講談社
日本人の自画像　平成12年3月　岩波書店
ポッカリあいた心の穴を少しずつ埋めてゆくんだ　平成14年5月　クレイン
テクストから遠く離れて　平成16年1月　講談社
小説の未来　平成16年1月　朝日新聞社
語りの背景　平成16年11月　晶文社
僕が批評家になったわけ　平成17年5月　岩波書店
村上春樹論集1　平成18年1月　若草書房
村上春樹論集2　平成18年2月　若草書房
考える人生相談　平成19年3月　筑摩書房
太宰と井伏　ふたつの戦後　平成19年4月　講談社
何でも僕に訊いてくれ　きつい時代を生きるための56の問答　平成20年6月　筑摩書房
文学地図　大江と村上と二十年　平成20年12月　朝日新聞出版
さようなら、ゴジラたち　戦後から遠く離れて　平成22年7月　岩波書店
耳をふさいで、歌を聴く　平成23年7月　アルテスパブリッシング
村上春樹の短編を英語で読む　1979〜2011　平成23年8月　講談社
小さな天体　全サバティカル日記　平成23年10月　新潮社
3・11　死に神に突き飛ばされる　平成23年11月　岩波書店

人類が永遠に続くのではないとしたら　平成26年6月　新潮社
戦後入門（新書）　平成27年10月　筑摩書房
村上春樹は、むずかしい（新書）　平成27年12月　岩波書店
日の沈む国から　政治・社会論集　平成28年8月　岩波書店
世界をわからないものに育てること　文学・思想論集　平成28年9月　岩波書店
言葉の降る日　平成28年10月　岩波書店
敗者の想像力（新書）　平成29年5月　集英社
もうすぐやってくる尊皇攘夷思想のために　平成29年10月　幻戯書房
どんなことが起こってもこれだけは本当だ、ということ。――幕末・戦後・現在（岩波ブックレット）　平成30年5月　岩波書店
9条入門（「戦後再発見」双書8）　平成31年4月　創元社
大きな字で書くこと　令和元年11月　岩波書店
詩のようなもの　僕の一〇〇〇と一つの夜　令和元年11月　私家版

〈対談・講演集〉
加藤典洋の発言1　空無化するラディカリズム（対談集）　平成8年7月　海鳥社
加藤典洋の発言2　戦後を超える思考（対談集）　平成8年11月　海鳥社
加藤典洋の発言3　理解することへの抵抗（講演集）　平成10年10月　海鳥社
ふたつの講演　戦後思想の射程について　平成25年1月　岩波書店
対談　戦後・文学・現在　平成29年11月　而立書房

〈共著・編著〉

対話篇　村上春樹をめぐる冒険（笠井潔、竹田青嗣と）　平成3年6月　河出書房新社

世紀末のランニングパス――1991－92（竹田青嗣との往復書簡）　平成4年7月　講談社

村上春樹　イエローページ（編著）　平成8年10月　荒地出版社

日本の名随筆 別巻98　昭和Ⅱ（編著）　平成11年4月　作品社

立ち話風哲学問答（多田道太郎、鷲田清一と）　平成12年5月　朝日新聞社

天皇の戦争責任（橋爪大三郎、竹田青嗣と）　平成12年11月　径書房

読書は変わったか？（別冊・本とコンピュータ5）（編著）　平成14年12月　トランスアート

村上春樹　イエローページ　PART2（編著）　平成16年5月　荒地出版社

日米交換船（鶴見俊輔、黒川創と）　平成18年3月　新潮社

創作は進歩するのか（鶴見俊輔と）　平成18年9月　編集グループSURE

考える人・鶴見俊輔（FUKUOKA　U　ブックレット3、黒川創と）　平成25年3月　弦書房

吉本隆明がぼくたちに遺したもの（高橋源一郎と）　平成25年5月　岩波書店

なぜ「原子力の時代」に終止符を打てないか（中尾ハジメと）　平成26年5月　編集グループSURE

白井晟一の原爆堂　四つの対話（白井昱磨ほかと）　平成30年7月　晶文社

〈訳書〉

モネ・イズ・マネー（テッド・エスコット著）　昭和63年7月　朝日新聞社

加藤典洋（かとう のりひろ）

1948年生〜2019年没。山形県生まれ。文芸評論家。早稲田大学名誉教授。東京大学文学部仏文科卒。文学から文化一般、思想まで日本の近現代の幅広い分野で活躍。『言語表現法講義』で新潮学芸賞、『敗戦後論』で伊藤整文学賞、『小説の未来』『テクストから遠く離れて』で桑原武夫学芸賞を受賞。他の著書に『敗者の想像力』『9条入門』『大きな字で書くこと』など。

瀬尾育生（せお いくお）

1948年生。詩人。東京都立大学名誉教授。近著に『吉本隆明からはじまる』など。

オレの東大物語《とうだいものがたり》 1966～1972

2020年9月9日　第1刷発行

著　者　加藤典洋《かとうのりひろ》

発行者　茨木政彦
発行所　株式会社 集英社
〒101-8050　東京都千代田区一ツ橋2-5-10
電話［編集部］03-3230-6391
［読者係］03-3230-6080
［販売部］03-3230-6393（書店専用）

装　幀　南伸坊
ＤＴＰ　MOTHER

印刷所　大日本印刷株式会社
製本所　加藤製本株式会社

ISBN 978-4-08-789014-3　C0036

定価はカバーに表示してあります。